阿萊基諾與小丑

半澤直樹 5

池井戸潤
Jun Ikeido

半澤直樹系列5

阿萊基諾與小丑・目次

書中主要人物

【東京中央銀行】

半澤直樹……大阪西分行　融資課長
淺野匡………大阪西分行　分行長
江島浩………大阪西分行　副分行長
中西英治……大阪西分行　融資課行員

寶田信介……業務統括部長
和泉康二……大阪營業總部　副部長
伴野篤………大阪營業總部　調查役
渡真利忍……融資部企畫組　調查役

＊＊＊

仙波友之……仙波工藝社　社長
堂島政子……友之的舅媽
本居竹清……立賣堀製鐵　會長

仁科讓……畫家
佐伯陽彥…仁科讓的朋友

第一章　阿萊基諾的房間

1

東京中央銀行大阪西分行位於貫穿大阪市內南北側的四橋筋與橫越東西側的中央大道交叉的黃金地段。

上午八點半。在分行工作的全體行員現在都聚集在這家銀行的頂樓，為的是進行每個月月初的例行活動，參拜稻荷神社。

環顧周圍，頂樓上有紅色神社的大樓多不勝數；來自東京的人看了，想必都會大吃一驚吧！每個月行員聚集在頂樓進行參拜，是大阪西分行，不，大阪獨有的習俗。

神社的名稱是東京中央稻荷，十之八九是不怕遭天譴的銀行總務部亂取的；不過位階倒是相當高，因為這是地方上的大社——歷史悠久的土佐稻荷神社的分社。

現在才剛進入二十一世紀。

時值九月。

從頂樓俯瞰的大阪市內充滿了殘暑的酷熱陽光，即使已經邁入了九月，悶熱的日子依然持續著，不知何時才會終結。

「啊，分行長，恭候多時。請——」

見了晚一步在頂樓現身的淺野匡，副分行長江島浩一面搓手，一面奔上前去。

活像流氓的黑人捲髮是江島的註冊商標，再加上他長得凶神惡煞，每次拜訪客戶都會被警衛攔下來。現在那張臉被討好的笑容淹沒，眉毛也拱成了八字形，看起來不像凶神惡煞，反倒是妖裡妖氣了。

將副分行長的鄭重出迎視為理所當然的淺野長年待在人事領域，他是「總部官僚」，擁有根深蒂固的菁英意識。

對於淺野而言，在分行工作的行員就和武家社會的老百姓一樣，本來就該瞧不起。

淺野就任至今已經三個月，每次參拜都遲到。或許他認為主角就該在最後登場，不過這些行員部屬大概沒半個喜歡他。就連副分行長江島也是陽奉陰違，骨子裡不知道在打什麼主意。

「來來來，請往這邊走。」

江島穿過人牆，帶領淺野來到小神社前方；他轉頭望向融資課長半澤直樹，收起討好的笑容，發出了不悅的聲音。

「喂，半澤，大家怎麼還沒整隊？這是你的工作吧！」

「是我的工作嗎？」

半澤可沒聽過這種工作。不過，他懶得一一反駁，便對周圍的行員發出指示，自己也站到了淺野身後。

行員發出了不成聲的回應，接二連三地排到半澤背後。

「分行長，有勞了。」

見狀，江島如此呼喚；淺野板著臉孔，往前踏出一步。此時——

「啊！」

他開始摸索長褲口袋，似乎是忘了帶香油錢。

「分行長，請。」

江島立刻從自己的零錢包中掏出百圓硬幣遞上。「嗯。」淺野回了句一點也不像是在道謝的話，接過硬幣，投進香油錢箱，拉扯垂下的繩索，搖動鈴鐺。

就在淺野畢恭畢敬地行了二禮時，突然傳來一道充滿期待感的微小笑聲。

大大地攤開雙手，拍手兩次。這是淺野獨特的動作，在行員之間被笑稱為「不知火型」——原來是有人忍俊不禁，笑了出來。鄭重行完禮後回過頭來的淺野面有慍色，但他並不是因為被嘲笑而生氣。令淺野不快的，是大阪西分行長這個職位。

淺野皺起眉頭，對浪速的天空投以憎恨的視線；他的這番舉動正是心有不甘的體現，因為他認為自己這樣的人不該來這種地方。

半澤暗想：這個男人還真是不到黃河心不死。

銀行員因為一紙人事異動令而調職，是天經地義的事；不論分派到任何地點，都是有理由的。同樣地，審查部調查役做得有聲有色的半澤來到這家銀行，也是有理由的；因為他和行內的掌權者寶田信介屢屢對立，而且多次將對方徹底駁倒。

顏面掃地的寶田勃然大怒，對人事部施壓，要求將半澤調到偏鄉僻壤；然而，人事部長杉田一口拒絕，選擇將半澤調到「安全地帶」大阪避風頭。

轉過身去的淺野突然在半澤面前停下腳步。

「待會兒到分行長室來。」

說完，他便留下部屬，快步離開了頂樓。

「是什麼事？」

半澤身邊的課長代理南田努附耳問道。南田長年以來遊走於各家分行之間，是資深融資人，比半澤大了兩歲。

「誰曉得？或許是有什麼地方惹他不高興了吧！」

淺野是個難以相處的男人。他素來嚴以律下，寬以待己，是個滿腦子菁英主義的專制君主。

江島繼淺野之後站到了神社前，將十圓硬幣扔進香油錢箱。

「他給分行長的是百圓硬幣耶！」

背後有人輕喃，連半澤也聽見了。「真小氣。」

半澤赴任大阪已經過了一個月，好不容易適應了這裡的習俗與大阪腔，也逐漸記住了融資課負責的客戶。

雖然淺野諸多不滿，半澤倒是很喜歡這個地方。大阪人情味濃厚，食物也美味可口；無須矯揉造作，直來直往的言行和商場上的往來方式都很合半澤的性子。

唯一的煩惱是上司運不佳，遇上了淺野和江島這類人，但這一點就不是他能夠掌控的了。

尤其在銀行這種組織裡，隨便扔顆石頭都會砸到混蛋。

要是一一計較，根本沒完沒了。

「聽好了，半澤，你這陣子可要安分一點啊！」

這是好友渡真利忍的忠告。用不著他叮嚀，半澤也會這麼做。這個世道就是這樣，感情用事只會自討苦吃。縱使上司再怎麼惹人厭，也得不慍不火，泰然處之，才是上班族的處世之道。好了——

結束參拜，與部下回到二樓時，淺野已經關在門戶緊閉的分行長室裡了。半澤敲了敲門，走進裡頭，只見淺野依然坐在辦公桌前，用眼神示意他「過來」。

「大阪營總聯絡我，說是有重要的案子要找你商量，你打通電話過去吧！對方是伴野調查役。伴野先前待在業務統括部，你認識吧？」

大阪營總是「大阪營業總部」的簡稱，而伴野篤是半澤和業務統括部長寶田槙上時，在寶田底下工作的男人。聽說他調到關西來，沒想到會在這種情況下再次聽到他的名字。

半澤行了一禮之後，回到自己的座位上，撥打大阪營總的內線號碼；一道熟悉的聲音傳來。

「哦，半澤，大阪的水喝得慣嗎?我到現在還是喝不慣。」

伴野一如往昔，用裝腔作勢的口吻說道。

「水都是自來水，有差嗎？」

「你還是一樣嘴上不饒人，所以才會從審查部貶職到這種地方來。勸你還是收斂一點，好好反省吧！」

「很不巧，我沒有任何需要反省的地方。好了，有什麼事？」

半澤詢問。

「老實說，有件M&A的案子上門了。」

伴野說出的來意令人意外。

「M&A？」

是企業買賣。

「有人想收購大阪西分行的客戶。我希望能夠當面向對方說明，到時候想請貴分行派人同行。」

貴分行唸作Goshiten，是東京中央銀行特有的變形敬語。

「我們的客戶？是哪間公司？」

「仙波工藝社。」

這是家營業額約有五十億圓的出版社，已有近百年歷史；現任社長是創業第三代的仙波友之，四十來歲，算得上是青年經營者。在大阪，有這等規模的出版社少之又少。

「買主是？」

「現在還不能說，要是情報外洩可就傷腦筋了。」

「你認為我會外洩？」

這傢伙在說什麼鬼話？半澤忿忿不平。「又不是小孩跑腿，不知道買主是誰，要我怎麼牽線？」

「那我直接拜託淺野分行長好了。淺野先生應該不會過問買主是誰吧！」

半澤微微地彈了下舌頭。這傢伙真會找麻煩。

「幫你預約就行了吧？」

「麻煩你了。」

說著，伴野立刻提出了三個自己方便的日期與時間。「勞煩你跟對方說有個值得一聽的經營情報就行了，感激不盡。」

什麼感激不盡？半澤最討厭這種裝模作樣的人。

「我待會兒再回電給你。」

說著，半澤放下了話筒。

「中西。」

半澤把融資部最年輕的行員，同時也是仙波工藝社的承辦人叫來，說明事情原委，並命令他安排面談。

「M&A嗎？」

「不知道買主是誰。我不認為仙波社長會把公司賣掉，不過——這畢竟是分行長親自指示的。」

聽到分行長三字，中西英治微微聳了聳肩。

2

仙波工藝社的公司大樓位於大阪市西區辦公大樓街，是棟漂亮的磚造建築物。雖然老舊，但風格典雅，共有地上五樓加地下一樓。身為美術出版社，該公司以招牌藝術專業雜誌《美好年代》為首，出版了許多建築、設計方面的專業雜誌，也常在美術館等地舉辦特別展示會，企畫各種活動；在藝術領域廣泛紮根，是該公司的商業特色。

說歸說，受到出版業不景氣的影響，本業除了招牌雜誌《美好年代》以外，全都是赤字狀態。拉抬該公司業績、填平赤字的，反倒是企畫部門。

現在半澤就在仙波工藝社五樓的社長室裡。

懸掛在牆上的「阿萊基諾」令人印象深刻。

充滿特色的筆觸讓人一看就知道是誰的作品。現代藝術的巨匠，仁科讓的石版畫。

順道一提，阿萊基諾和皮耶洛一樣，是在義大利傳統喜劇中登場的知名角色。狡猾的阿萊基諾與單純的皮耶洛，這兩人的對比是畫家喜愛的創作題材之一。

從前曾聽仙波友之說過，仁科的作品以同時描繪阿萊基諾與皮耶洛者居多；這幅畫只有阿萊基諾，因此相當稀有。

「意思大概是『正在看這幅畫的你就是皮耶洛』吧！」

當時友之是這麼評論的。這種帶有些微自虐的玩笑很有友之的風格。

如此這般，半澤與大阪營業總部調查役伴野並肩坐在社長室的沙發上。剛才，半澤帶著在十五分鐘前現身於大阪西分行的伴野步行到這裡來。仙波工藝社距離分行很近，只有五分鐘的路程。伴野身旁的是有些悶悶不樂的承辦人中西。

在略帶諷刺的阿萊基諾俯視之下——

「感謝您今天在百忙之中抽空見面。」

交換名片過後，伴野畢恭畢敬地說道：「有件事務必要請教您，所以才來打擾。」

「您是從大阪的總部專程過來的嗎？辛苦了。」

社長仙波友之將伴野遞出的名片放到桌上，一臉惶恐地說道。說歸說，友之不明白伴野的來意，和身旁的妹妹春瑠都略帶警戒之色。

與友之相差五歲的春瑠在東京的私立大學攻讀美學美術史，後來前往法國留學，並留在當地的美術館工作，累積資歷；後來，協助打理公司的母親過世，她才返國回歸家業，活用自己在專業領域的知識與人脈，創設企畫部門，成功打造獲利支柱，是位精明幹練的女性。

「我知道貴出版社歷史悠久，在美術界是讓人另眼相看的權威；只不過，最近聽到的小道消息顯示這陣子業績似乎不太理想。」

客戶的經營狀況都記錄在銀行的資料庫裡。伴野事前應該也調查過了，對於仙波工藝社的實際狀態鐵定是瞭若指掌。

「以後應該會有需要用到資金的時候，可是業績一旦惡化，融資就會變得比較困難。我想，仙波社長應該也在為了資金周轉的問題而傷腦筋吧？」

「嗯，是啊！」

友之含糊地回答。他完全摸不清伴野想把話題帶往哪個方向。

「所以今天我帶來了一個治本的方法。至於這個方法能否實現，就看仙波社長的意思了。」

說著，伴野帶入了正題。「打開天窗說亮話，仙波社長，請問您有沒有賣掉貴出版社的打算？」

聽了這番突然的話語，友之眨了眨眼睛，春瑠則是嘴脣半開，啞然無語。

「哎呀呀，也難怪您這麼驚訝。」

伴野在面前擺了擺手，露出討好的笑容。「不過，社長，請您仔細想想。以後出版業只會越來越不景氣，您不認為這樣的經營判斷也是種值得考慮的選項之一嗎？」

友之一臉困擾。「不，我完全沒考慮過。」他把手放到頭上。「對吧？」

被徵求贊同的春瑠不只驚訝，更是傻眼。她似乎是個直腸子，脫口說道：「不可能。」

伴野的討好笑容倏然黯淡下來。

「可是，資金周轉該怎麼辦？加入其他資本旗下，可就安定多了。」

「您說得倒簡單。」

面對伴野這種吃定人的態度，友之流露出些微的惱怒之色。「我們可是即將迎接一百週年的老牌出版社，怎麼可能輕易賣掉？到底是誰？是哪家公司想收購我們？」

「這一點要先簽訂保密合約才能透露。」

「那就算了，不用了。」

友之作勢揮手。見狀，伴野的雙眼失去了情感。

縱使語氣再怎麼誠摯有禮，伴野的本性畢竟是銀行至上主義，不容客戶說三道四的優越感深植在骨子裡。

「這樣真的行嗎？社長。」

伴野的語氣突然變得毫不客氣。「銀行不見得會永遠融資給您。這種好事可不是天天都有的。我認為您該在真的發生問題之前好好考慮才對。」

這句話帶有威脅之意。

「怎麼，業績稍微變差，就不融資了？是這個意思嗎？半澤先生？」

友之質問。

「沒這回事。」半澤連忙說道。「伴野說得太過分了。很抱歉。」

然而，低頭致歉的只有半澤一個人，當事人伴野依然對友之投以輕蔑的目光。

「社長，我不會害您的，這件案子請您積極考慮一下吧！」

「夠了吧！」

半澤制止。

「出版業的前程一片黯淡。」

然而，伴野無視於他，繼續說道：「今後經營出版社，打的是硬仗，貴出版社有這等戰力嗎？」

「沒有戰力就得賣掉？」春瑠忿忿不平地說道。

「不不不，我的意思是，這也是一種經營判斷。」

伴野改口說道：「兩位還年輕，賣掉公司以後，手邊就會留下大筆資金，可以拿這筆錢當資本，投資更有賺頭的行業，不是嗎？」

「工作不只是為了賺錢，伴野先生。」

友之用開導的口吻說道：「我們在藝術領域肩負著社會責任，說白了，就是身為老牌出版社的驕傲。」

「既然如此，就更該投入安全確實的資本旗下。」

伴野完全沒有學到教訓，繼續說道：「企畫部門也一樣，在原地踏步，未免太可惜了。」

「是嗎？是我能力不足，抱歉。」

春瑠語帶諷刺。

「我沒這麼說。」

伴野的臉上堆滿了討好的笑容，對春瑠投以的眼神和說出的話完全相反。「不過，經營有經營的專家，交給誰負責，比較有前途呢？」

「伴野先生這麼說未免太失禮了吧？春瑠小姐可是從無到有創立了企畫部門，撐起公司的業績耶！」

「我說這些話是為了仙波工藝社好。」伴野惡狠狠地瞪了插嘴的中西一眼。「因為他們似乎搞不清楚狀況。」

「夠了。」

半澤加以制止。

「仙波工藝社還不到必須賣掉公司的地步，也沒有賣掉公司的打算。這種事勉強不來的。」

「分行的承辦人不是最該了解公司的狀況嗎？」伴野用諷刺的口吻反駁：「為了公司的前途，就算是再怎麼難以啟齒的事，也要勇敢說出口。」

最後，伴野回頭望著友之，說道：「今天只是來打個招呼，我這就失陪了。請您好好考慮，不必急著下結論。」

面談結束之後，伴野便搭上公司前方的計程車，揚長而去了。

「什麼跟什麼啊？」

中西傻眼地說道。「居然講那種充滿威脅意味的話。」

「實在太荒唐了。那傢伙根本是把客戶當成做生意的工具。」半澤啐道：「我看他是想賺獎勵積分吧！」

今年四月，東京中央銀行導入了新制度，對於促成M＆A，亦即企業買賣的總分行，會賦予考績上的獎勵積分。龐大的積分正好證明了銀行有多麼重視M＆A業務。

「這樣就可以不顧客戶的意願嗎？」

中西橫眉豎目地瞪著已然不見蹤影的計程車駛離的方向。「話說回來，對仙波工藝社真是過意不去。友之社長和春瑠小姐都很生氣。」

「這下子伴野應該也知道他們沒有賣掉公司的意思了吧！」

「這件事就這麼不了了之了嗎？」

半澤點了點頭。然而，到了隔天，事情卻以意想不到的形式死灰復燃了。

「半澤課長，過來一下。」

中午過後，一臉不悅的淺野呼喚外出歸來的半澤。淺野是個情緒完全寫在臉上的男人。

「你對仙波工藝社的收購案好像很消極啊！」

一站到分行長的辦公桌前，淺野便如此說道。

「大阪營總的伴野專程訪問客戶推動這件事，你卻是這種態度。」

八成是伴野在背地裡「惡人先告狀」吧！

「仙波社長對於賣掉公司不感興趣。」半澤回答：「強推這件事，似乎不太妥當——」

「對方不感興趣，你就輕易放棄了？」

淺野用責難的口吻說道：「你知道獎勵積分的事吧？促成收購，我們就能獲得積分。這是和分行業績有直接關聯的重要問題。你身為融資課長，未免太不用心了吧！」

「就是說啊！半澤。」

江島也從一旁的副分行長席附和：「給我好好反省。」

「就算是客戶不想要的收購案，也要推動嗎？」

半澤提出異議。

「仙波工藝社上年度不是赤字嗎？」

淺野開始雞蛋裡挑骨頭。「更何況出版業界的版圖越來越小。現在這個社會可沒這麼好混，能讓一家一吹就垮的大阪公司高枕無憂地生存下去。不管仙波社長怎麼說，這樁收購案有助於仙波工藝社的存續是不爭的事實。」

「不，這——」

半澤正要反駁，「半澤，反省！」江島又開口說道：「分行長，不如讓不才江島我去說服對方吧？」

他不知道是哪根筋不對勁，居然自告奮勇。「區區一家仙波工藝社，沒資格說三道四。畢竟這件案子是為了仙波工藝社著想才提出的。」

「可以拜託你嗎？副分行長。」

「當然。」

江島鬥志高昂地點了點頭，並命令半澤：「你也跟我一起去。」於是乎，在同一天傍晚，半澤帶著江島再次造訪了仙波工藝社。

「然後呢？發生了什麼事？」

渡真利忍興味盎然地問道。

身為融資部企畫組調查役的渡真利和半澤是同自慶應義塾大學畢業的同窗兼同期，也是行內的頭號包打聽。他的人脈遍及全國各地的銀行組織，交遊之廣無人能及。

「什麼事也沒發生。那個叫江島的男人根本是外強中乾。」

「社、社長，我們營業總部的人說話冒犯了您，真的非常抱歉。」

江島低頭道歉，一副心驚膽怕的模樣，完全沒有誇下海口時的那般自信。

「怎麼，副分行長是來道歉的？」

「不不不，今天來是想請您積極考慮我們的提議——」

「又是這件事？我不是已經拒絕了嗎？我很忙，拜託別再來煩我了。」

「能不能請您再考慮一下？」

一頭黑人捲髮、長得凶神惡煞的江島堆起討好的笑容，眉毛也拱成了八字形。見了這副和「沒資格說三道四」的強硬態度大相逕庭的模樣，半澤與隨行的中西都是啞然無語。非但如此——

「強化M&A業務是銀行的分針。」

他居然自揭底牌。這是不折不扣的失言。

「那是您自家的事吧？」

友之反口駁斥，江島的討好笑容扭曲了。

「是啊，從前不管是叫我定存，還是多辦幾張信用卡，我都照做了。可是現在居然叫我為了你們銀行的業績把公司賣掉？副分行長，您這話是認真的嗎？」

「不，社長的心情我當然懂。不過——」

「好啦，我知道了，我會考慮看看的。」

友之似乎也厭煩了。在大阪，「考慮看看」只是一種委婉的拒絕方式。

然而——

「您願意考慮看看嗎？謝謝您，社長。」

江島卻當真了，喜孜孜地向淺野報告。

「那淺野分行長怎麼說？」

渡真利強忍笑意，肩膀微微抖動。

「罵了他一頓：『那只是委婉的拒絕方式，你在大阪待了三年，連這個都不知道？』」

兩人正在梅田站附近的和食店「福笑」裡喝酒。隔著吧檯大展廚藝的是年屆七十、沉默寡言的老闆。這家小店是由一對老夫婦與他們的女兒親手打理的。

「話說回來，伴野的態度也真夠強硬的。」

「就是因為有那種人，銀行才會被誤會。」

「是啊！」

渡真利點了點頭，一副深有同感的模樣。接著，他又壓低聲音說道：「其實現在大阪營總正由副部長和泉領頭，大力推展M＆A活動；八成是想立功，討岸本行長的歡心吧！」

東京中央銀行行長岸本真治視企業收購，亦即M＆A為將來的獲利支柱，是眾所皆知的事。在銀行這種組織裡，像條忠狗一樣唯命是從的行員特別多；這類人只要高層下令「向右看齊」，他們就會不加思索地面向右側一整天。對客戶賣弄組織理論，認為天下唯銀行獨尊的，也都是這些不用大腦的人。

「我認為將來M＆A會成為獲利支柱的看法並沒有錯。」

半澤說道。這是因為中小微型企業的經營者逐漸高齡化，將來，因為公司後繼無人而產生的「企業買賣」需求一定會越來越多。屆時，東京中央銀行的M＆A業務應該會成為一大事業領域吧！

「說歸說——」

半澤繼續說道：「岸本先生本人應該也沒有對不需要的公司強推企業買賣的意思吧！」

「說得沒錯。」

渡真利點了點頭。

「可是，行長一說『要把M＆A當成將來的主力』，大家就開始巴著這句話不放了。頭一個巴上去的就是業務統括部的寶田。」

半澤在審查部時代徹底槓上的業務統括部，是揭示分行業務目標並加以管理的部門。

「那個男人設定的目標完全沒有內容。」

半澤用一如當時的伶牙俐齒斬釘截鐵地說道：「為了目標而訂立目標，完全不把結果回饋給分行，根本是把分行當傻子。」

半澤靜靜地喝著杯中酒，眼底浮現了怒意。「讓那種人繼續掌權，銀行遲早會完蛋。」

訂立對獲利毫無助益的無意義目標，是寶田的看家本領；為此，上萬行員被不必要的業務耍得團團轉，加無謂的班。半澤認為只要開除寶田一個人，便能大幅提升銀行的效率。

聞言——

「寶田和大阪營總的和泉是同期入行的，交情很好。這件事你知道嗎？」

渡真利告知了令人意外的事實。雖說是同期入行，一個是部長，一個是副部長；寶田的官運似乎較為亨通。

「不知道。」

半澤搖了搖頭，又問道：「所以呢？」

「而和泉跟你們分行的淺野是同一所大學的學長學弟。換句話說，那幫人是在背地裡互通有無的好朋友。」

「原來是這麼一回事啊！」半澤輕輕地拍了下膝蓋。「怪不得淺野那麼偏袒大阪營總。」

「八成是和泉事先跟他講好了吧！說這是重要客戶的要求。」

渡真利意有所指地說道。

「你知道買主是誰？」

半澤瞥了渡真利一眼。

大阪營總的伴野始終沒有透露提出收購的是哪家公司，仙波友之也沒問對方的名字，因此半澤至今仍不知道是哪家公司想收購仙波工藝社。

「聽了你說的話以後，我來這裡之前，偷偷跟大阪營總的熟人打聽過了。」

「你該不會要說接下來是業務機密，不能透露吧！」

半澤一臉懷疑地說道，渡真利在面前擺了擺手。

「我不是大阪營總的人，沒有替他們保密的義務。」說著，他把音量壓到只有半澤聽得見的程度。「——是傑寇。」

「傑寇……」

意料之外的公司。

這是網路新興企業，靠著虛擬購物商城打響名號，轉眼間擴大事業規模，創業五年便成功上市，社長田沼時矢至今仍是大受追捧的經營之星。

「傑寇為什麼要收購出版社？」

兩者之間似乎沒有關聯。

「誰曉得？不過，成功的經營者，大多有想要出版社的傾向。」

「我不認為田沼時矢會進行無意義的收購。」

透過電視、雜誌專訪與主力銀行東京中央銀行內部的傳聞，半澤對於田沼的為人也略有耳聞；聽說他是個徹頭徹尾的功利主義者，唯利是圖，為了錢什麼事都肯做，但是賺不了錢的事他絕對不做。他就是這樣的男人。

「我對於田沼先生這個人也有興趣。」

渡真利說出了令人意外的話語。

「他其實是個舉世聞名的繪畫收藏家，尤其是仁科讓的作品，他不只擁有壓倒性的收藏品，本身也是贊助商，和仁科往來甚密。」

聽到仁科讓三字，半澤最先想到的是掛在仙波工藝社社長室裡的「阿萊基諾」。仁科讓是靠著現代藝術發跡的世界性畫家，在他一舉成名的同時，「阿萊基諾與皮耶洛」也成了他畢生的主題。比起繪畫，更像漫畫角色的普普風畫作正是仁科讓的代名詞。

而確立仁科讓的名聲，讓他的傳說變得不可撼動的，則是三年前的神祕死亡。在巴黎工作室裡自殺的動機不明，謎團始終未解，使得仁科讓以神祕的現代畫家之姿獲得了孤高的地位。

渡真利繼續說道：

「明年春天，田沼美術館將在神戶市內開幕，主力展覽品就是仁科讓作品。關於田沼美術館的事，你應該也知道吧？」

渡真利之所以用意味深長的眼神看著半澤，是有理由的。這座美術館的建設費用高達三百億圓，進行融資的正是當時的大阪營業總部次長寶田信介。和田沼搭上線的寶田不只奪得了傑寇主力銀行的寶座，還獲得了鉅額融資案，在行內一戰成名。他靠著這份業績榮升業務統括部長，是同期之中官位升得最快的一個。

「既然是美術愛好者，想要仙波工藝社倒也合理。特別是《美好年代》，很有魅力。」

「權威雜誌加入特定美術館旗下，不太妥當吧？」

半澤提出反對意見。

「田沼時矢這個男人懂得拿捏這種細微的分寸嗎？」

渡真利歪起頭來。

「不管他懂不懂，仙波工藝社已經拒絕，他也沒輒了。」

半澤說道：「想要出版社，還有其他出版美術專業雜誌的公司，為何找上仙波工藝社？你問過理由嗎？」

「問過了，對方也不知道。或許又是所謂的田沼魔法吧？」

田沼魔法——社會大眾用這個字眼來評論接連祭出成功策略的田沼手腕。「無論如何，大阪營總現在是拚了命地討田沼歡心；只要田沼開心，以後傑寇的M＆A案就會接連上門。田沼社長似乎鐵了心要收購仙波工藝社，或許會使出什麼強硬手段。」

半澤用鼻子哼了一聲。

「不管是田沼或是任何人，想來硬的，我就會奮戰到底。保護客戶，是分行承辦人的職責。」

「你該不會要說為了保護客戶，不惜與分行長一戰吧？」

渡真利抖動肩膀，嘆了口氣。「真拿你沒辦法。你再繼續幹這種事，我看短期間內是回不了總部了。」

3

「社長，很抱歉。我們已經盡力交涉了，但是仙波工藝社沒有賣掉公司的意思。」

大阪營業總部副部長和泉康二一面用手帕擦拭額頭上冒出的汗水，一面皺起眉頭。身旁的部下伴野一臉惶恐。

兩人所在之處正是梅田站附近的傑寇總部的豪華社長室裡。

社長室的氣氛活像高級俱樂部的酒吧，擺放著義大利製的高級沙發，底下鋪著鞋跟幾乎快陷進去的柔軟地毯。隔著桌子相對而坐的，是穿著修身長褲、赤腳加皮靴的削瘦男子，襯衫的第一、二顆鈕扣並未扣上，露出了金項鍊。

他就是傑寇社長田沼時矢。打扮時髦但年齡不詳的單身漢田沼有著一張鼬鼠般的細長臉孔，又小又圓的雙眼炯炯有光。

「我就是要那家仙波工藝社，非買不可，懂嗎？」

田沼發出了刺耳的尖銳聲音，兩個銀行員不約而同地俯首稱是。

「和泉先生，你說過區區一家仙波工藝社，馬上就能買下來，對吧？這跟你說的完全不一樣啊！」

神經質的口吻正好表現出田沼的執著性格。「該不會是要叫我放棄吧？」

「沒這回事。」

頭壓得老低的和泉側臉因為焦慮而發青。「考慮到仙波工藝社的將來，加入貴公司旗下才是最佳選擇。仙波社長還沒有認清這一點，我們會試著再次說服他。」

聽了這番牽強的藉口——

「聽起來真不可靠。」田沼說道：「我們公司以後打算積極執行收購策略，交給東京中央銀行真的沒問題嗎？」

「當然。」

和泉更加低下頭來，抬眼說道：「本行在大型收購案方面擁有頂級的知識與技巧，請安心交給我們處理。寶田也要我代他向您致意。」

「換作寶田先生，這種小案子一下子就解決了。」

「對不起。」

這回和泉的側臉上流露的是不甘之色。寶田與和泉是同期入行的，心底的競爭意識根深蒂固。

「我一定會帶來讓您滿意的好消息，能否再給我一點時間？拜託了。」

和泉的腦袋幾乎快埋進了膝蓋之間。

「哎，既然你都這麼說了，我就再等等吧！」

不久後，田沼的這句話從頭頂上落了下來。

——得救了。

「謝謝。」

和泉偕同伴野再次低頭致謝，側臉因為沉重的壓力而緊繃，顯得一片蒼白，

4

春瑠是在巴黎的美術館任職時認識尚・皮埃爾・珀蒂的，當時他就已經是個一流的協調人了。人脈不僅遍及各大美術館，還囊括了歐洲全境的個人收藏家，是他最大的武器。這回，他擔任春瑠主導的企畫「法國印象派展」的法方協調人。這是由大日本電機主辦的特展，全國共有五個會場，入場人數預計可達八十萬人；對於

以轉虧為盈為目標的仙波工藝社而言，這個大型企畫可說是本年度最大的盛事。

為了其他事而訪日的尚・皮埃爾突然要求見面，春瑠心知事有蹊蹺。

法國人有事大多是打電話解決，挑在這個忙碌的時期要求見面，顯然是出了大問題。

春瑠前往東京，在他經常投宿的東京柏悅酒店的酒吧裡等候對方現身。

約定的時間是下午六點，尚・皮埃爾準時出現於酒吧。平時他總是以「法國時間」為由姍姍來遲，今天卻如此準時，更是個不好的徵兆。

「不瞞妳說，奧賽博物館拒絕出借美術品給這次的特展。」

預感成真，春瑠啞然失聲，只能凝視著對方。尚・皮埃爾繼續說道：「妳的贊助企業之一三門海上火災保險最近因為某個美術品事故，和奧賽博物館發生了糾紛。」

「是什麼糾紛？」

「大概和保險有關吧！詳情我不清楚。」

雖然是不該發生的事，有時候出借的美術品會在搬運過程中意外受損，所以才需要保險；然而，因為各種附帶條款而造成保險金支付上的爭議，也是時有耳聞。

「現在才說這個？廣告宣傳的檔期都已經排定，開始進行了耶！」

春瑠慌了手腳。

「能不能撤掉三門？」

尚・皮埃爾說道。

「絕對不行。起先答應贊助的東西物產因為個人因素而抽掉贊助，是托三門的福，這個企畫才能成立的。沒有三門，這個企畫無法進行。」

「是嗎？真遺憾。」

「這不是一句遺憾就能打發的問題。不能想想辦法嗎？」

春瑠心急如焚。這個企畫攸關仙波工藝社的生死。尚・皮埃爾人脈很廣，和奧賽博物館的幾個決策中心的重要人物應該也有交情。

然而——饒是尚・皮埃爾，在這個關頭也垂下了臉，搖了搖頭。

「沒辦法。奧賽館方已經做出了決定，沒有交涉的餘地。以後會找機會補償妳，這次的特展就先取消吧！」

這一瞬間，本年度轉虧為盈的希望化為泡影消失了。仙波工藝社的業績蒙上了一層陰影。

5

「兩億圓嗎……？」

半澤說道，凝視著友之遞出的仙波工藝社試算表。本年度已經有四千萬圓左右的赤字。

「上年度決算赤字將近一億圓，也是個問題。再這樣下去，本年度的赤字可能會變得一樣高。」

一旁聆聽的中西說得一點也沒錯。

「企畫部正在努力填補展示會取消造成的損失，應該不至於變得跟去年一樣。」這麼說的是會計部長枝島直人。今年邁入五十歲後半的枝島戴著厚厚的賽璐珞圓眼鏡，骨瘦如柴的身子穿著稍嫌過大的襯衫，活像是從昭和時代初期穿越而來的。

「出版部門也會修正方向，拜託您幫幫忙。」友之社長接著說道。

「具體上要怎麼修正方向？」半澤詢問。

「我已經指示他們從頭審視現在的雜誌版面，朝著更能吸引目標讀者層的方向改進。」

友之的答案並不具體。

待兩人的身影消失於通往一樓的樓梯之後，目送他們離去的半澤對中西下令：

「立刻準備簽呈。」

所謂的「簽呈」，即是銀行內部的「融資企畫書」。

「這次的融資可不容易。」

「可能連兩年赤字，而且沒有擔保。」

中西也很清楚，仙波工藝社沒有多餘的資產可以拿來擔保。「搞不好連分行長那關都過不了。」

銀行的融資視融資總額或條件而定，有的只需要分行長簽核即可放款，有的則需要上呈至總部。仙波工藝社是屬於後者。

換句話說，有兩道難關。

第一道難關是分行長淺野。他的融資態度極為保守，是徹底避免走危橋的類型。

另一道難關則是融資部。承辦調查役豬口基是個外號「豬八戒」的魁梧男人，他的臉雖然大，心思卻很細膩，是步步為營的類型。

中西費盡心思，終於在幾天後寫好了仙波工藝社兩億圓周轉資金的簽呈。這是意見欄長達十幾頁的力作，在詳盡的分析過後，下了若不融資，仙波工藝社無以維持的結論。

半澤稍加修正之後，將簽呈轉給副分行長江島。還不到三十分鐘——

「半澤，過來一下。」

江島皺起眉頭，把半澤叫了過去。

「你到底在想什麼？」

「您的意思是？」

「我是說——」

江島焦躁地皺起眉頭，瞥了因為外出而空著的分行長席一眼，繼續說道：「仙波社長已經拒絕了收購案，現在看到會變成連兩年赤字，就要我們借錢給他？才剛拒絕我們的提議，一轉頭又要借錢，未免太可笑了吧！」

「這是兩碼子事吧？」

半澤說道：「再說，不見得會變成連兩年赤字。」

「公司裡有個赤字編輯部，哪有這麼容易變黑字？」江島堅持己見，又壓低聲音說道：「現在還不遲，請他考慮收購案吧！」

「仙波社長沒有賣掉公司的意思，這一點副分行長不是也確認過了嗎？」

江島似乎想起了前幾天親自出馬交涉的過程，露出了厭惡之色。

「你想想，淺野分行長會同意這樣的融資嗎？」

「如果不融資，仙波工藝社就撐不下去了。」

江島連忙攤開仙波工藝社的融資總額與擔保一覽表。無擔保授信，換句話說，沒有任何擔保，破產的時候會成為「呆帳」的融資總額不下三億圓。

光是一家公司就造成「三億圓」呆帳，即使是在東京中央銀行，這也是筆不小的數目。淺野底下的人事考核一定是大扣分，當然，江島與半澤也不例外。

「身為仙波工藝社的主力銀行，我們長年以來一直全力支援；更何況仙波工藝社只跟本行合作，並沒有跟其他銀行往來。現在面臨赤字，只有本行能夠支援，難道您要見死不救嗎？」

聽了這番話，饒是江島也一時語塞。

「現在仙波工藝社正在拚命努力，試著轉虧為盈，能不能請您幫幫忙？」

半澤又添了把柴火。

「你對這次的融資有自信嗎？」江島提出這個問題。

「要是沒自信，就不會提出這份簽呈了。」

半澤斷然說道。江島用依然帶有遲疑之色的眼神凝視著他——

「嗯，既然你都這麼說了……」
最後終於把簽呈放進了淺野分行長的待簽核箱裡。

6

「之前的仙波工藝社收購案，有沒有說服社長的方法？」
大阪營總副部長和泉用鄭重的口吻如此說道。他那光禿禿的頭皮因為酒精而變得一片通紅，在包廂的燈光底下閃閃發光。
這裡是位於難波的懷石料理店，歷史悠久，當地產的鯖魚押壽司十分美味。在和泉的帶領之下來過一次以後，淺野偶爾也會光顧這家店。
「雖然目前還沒有賣掉公司的意思，不過那是中小企業，不知道會發生什麼事。像今天就因為大型企畫破局，跑來申請包含經常營運資金在內的兩億圓融資了。」
「這不就是在以債養債嗎？」
如此詢問的是業務統括部長寶田信介。寶田梳了個服服貼貼的油頭，戴著金框眼鏡，襯衫袖口上的袖扣閃閃發光。
這個男人長年遊走於營業領域，能言善道，長袖善舞，是靠著唱跳卡通歌曲的宴會才藝一路爬上來的「昭和」營業員。能夠博得傑寇田沼的歡心，也是靠著羽柴秀吉討好織田信長時的那種細心和馬屁功夫，實在稱不上是個理論派。

此時，情感的火焰在寶田的眼底搖曳。

「我要外出的時候簽呈才送到，所以我還沒有仔細看過；不過這家公司的業績一路惡化，我實在不太想融資，正在傷腦筋。」

「哎呀呀，有意思。」

寶田說道：「如果我們不融資，會怎麼樣？」

「大概……會撐不下去吧！」

「那仙波工藝社一定很拚命了。要是這時候簽呈又意外卡關，你覺得會變成怎麼樣？」

「救命錢沒到位，他們應該會很著急吧！」

說到這兒，淺野猛省過來。他終於察覺寶田的意圖了。

「簽呈一旦卡關，仙波社長應該也會改變想法。你不這麼認為嗎？淺野。」寶田說出的話語正如淺野所料。「有時候，遇上非常事態，才能認清現實。」

「問題在於該怎麼做。」

和泉抬起視線，盤起手臂，不知在打什麼主意。「必須做得漂亮一點。我們需要一個融資卡關的正當理由。」

「副分行長事先說明過他們不但赤字，而且沒有擔保。」

「不不不，這樣的理由太薄弱了。」

和泉緩緩地搖了搖頭。

「要有其他理由才行。我可不想被說成是蓄意刁難。你也不願意被人家說是因為你這個分行長蓄意刁難不放款，害得客戶走投無路吧？」

「那當然。」

淺野點了點頭。「不過……我想不出合適的理由。該怎麼做才好？」

「我針對仙波工藝社做了各種調查，發現了一個有趣的事實。」和泉壓低聲音說道：「五年前，仙波工藝社和某個事件似乎有牽連。是醜聞。」

「什麼事件？」

這是總部裡的傳聞——和泉如此聲明過後，才娓娓道來。聽了內容，淺野瞪大了眼睛。寶田似乎已經聽過了，靜靜地喝著酒。

「由、由我指摘這件事，妥當嗎？」

淺野有些不安。

「你不用出面，交給融資部就行了。」

說這句話的是寶田。

「北原部長是個嚴謹的男人，向來講究合規性，不會輕易同意融資給有負面傳聞的公司。除非身為分行長的你強力遊說。」

「我當然不會這麼做。」淺野在面前擺了擺手。

「就勞煩寶田業務統括部長去跟北原先生咬耳朵了。」和泉一臉愉悅地說道。

「然後時間不斷地過去。」

寶田露出下流的笑容。

「眼看著需要資金的日子越來越接近，仙波一定會很著急吧！到時候他就會察覺該怎麼做才不會讓員工流落街頭。我們只要算準時機這麼問他就行了：『要不要賣掉公司？賣了就輕鬆多了。』」

「原來如此。」淺野一臉佩服。「不愧是身經百戰的前輩，動起歪腦筋來，讓人驚嘆不已。」

「這是在誇我，還是在損我？」

寶田啼笑皆非地問道。

「當然是在誇您。」

聞言，寶田皺起眉頭：「真是的。人事官僚都是這副德行，所以才傷腦筋。」

寶田是出了名的討厭人事部，若不是因為與和泉有交情，根本不會和淺野來往。就這層意義而言，沒人知道寶田心裡是怎麼看待淺野的。

「和我們繼續來往，你也可以變成大壞蛋。對吧？寶田。」

和泉揶揄道。

「正義必勝只會發生在故事書裡。」寶田一本正經地說道：「在現實世界中，勝利的永遠是壞人和歪腦筋。正義的夥伴連白痴都能當，不過要當壞人，可是要有本事才行的。」

「這招叫劫兵糧，淺野。」

和泉說道：「傑寇的田沼社長說他無論如何都要得到仙波工藝社，我們必須滿足他的期望。」

「不然這麼辦吧！」淺野提議：「融資部駁回簽呈時，我們就對仙波工藝社開出一個條件。以現在的狀況，要融資很困難；不過如果接受收購案，就有轉圜的餘地。」

如何？淺野窺探兩位前輩的臉色。

「好主意。」

和泉拍了下膝蓋，一副深得我心的模樣，並轉頭望著寶田：「你說呢？」

寶田面露喜色，嘴上浮現掩不住的笑意。

「你有當壞人的本事，太棒了。對了，最近這方面如何？」寶田擺出了高爾夫揮桿姿勢。「聽說你最近練得很勤快啊！」

「上次的成績是一〇一桿，只差一步就突破一〇〇桿了。」

淺野懊惱地皺起眉頭。

「真可惜。」

和泉用誇張的語氣說道：「不過，只差一點點了。你才打了一年的高爾夫球就有這種成績，看來你在這方面也很有資質。說不定不久以後，我們就不是你的對手啦！」

「哪兒的話、哪兒的話。像兩位這樣的高手，我怎麼比得上呢？」

「過獎了。」

寶田也志得意滿。長年待在營業領域的寶田是單差點好手，對高爾夫的熱愛程度到了一年到頭都晒傷的地步。

「打高爾夫球和談生意一樣，重要的是把柄和方向性。拜託你了。」

或許是對於仙波工藝社收購案的成功預感使然吧！寶田拉長的笑聲在浪速的靜謐夜裡融化，無人知曉。

7

「仙波工藝社的簽呈，分行長最後還是沒有批准。不知道他有什麼打算？」

面對中西的問題，半澤拿著喝到一半的燒酒杯，思索了一會兒。中西的身旁是課長代理南田，一副若有所思的模樣。

星期五晚上，眾人提早結束工作，前往分行附近的居酒屋。他們常來這家店，為了防止談話被人聽見，店員帶他們來到了底端的半包廂。

這天傍晚，淺野收到了副分行長轉呈的仙波工藝社簽呈以後，連看也沒看——

「我不想融資。」便如此斷然說道。

「大型企畫展破局，連兩年赤字已經是無可避免了吧？你要我在沒有擔保的狀態之下融資給這種公司嗎？」

「雖然目前的數字是赤字，但他們正在努力轉虧為盈。我們身為主力銀行，這時候該——」

江島還沒說完他的主張——

「這不是理由。」

淺野便一口否決。

「這次的融資有什麼好處？微乎其微的利息收入嗎？風險和報酬根本不成比例。為什麼要拒絕收購？與其這樣，還不如同意收購算了。」

換句話說，淺野始終傾向收購，為的是賺取獎勵積分。

「這麼一提，聽說淺野分行長到處詢問客戶要不要賣掉公司。」

這麼說的是圍在桌邊的年輕行員之一，矢內。「叫人家趁著公司業績惡化之前趕快賣掉，簡直是口無遮攔。望月鋼鐵的社長氣得要死，害我必須一直跟人家低頭賠罪。」

「這件事我也聽說過。」另一個人說道：「他遊說太陽建設收購其他公司，態度很強硬，還說可以融資二十億圓當收購資金。分行長突然跑來說這種話，社長也很傷腦筋。」

「能不能想個辦法？課長。」南田嘆了口氣。「再這樣下去，我們會失去客戶的信任。」

「他八成也想讓仙波工藝社賣掉公司吧！」

半澤說道。

「照這麼看來，那份簽呈——」南田意有所指地抬起頭來。「搞不好分行長根本不打算批准。」

「請等一下，收購和融資是完全不同層次的問題吧？」

中西連忙提出異議。

「再說，這次的兩億圓對於仙波工藝社而言是絕對必要的資金。身為主力銀行，這時候該力挺到底才對啊！」

「哎，你冷靜一點。」

半澤安撫情緒激動的中西。

「今天沒有結論，下禮拜我再看看分行長的反應。今後的事在那之後再討論吧！」

「到頭來，淺野分行長的腦袋裡只有眼前的利害得失而已嗎？」

中西餘怒未消，恨恨地說道：「完全沒有站在仙波工藝社的立場考慮，根本是典型的總部官僚嘛！」

「這種銀行員多如繁星。」

南田說道：「所以你可別變成這種銀行員啊！」

半澤露出略帶同情的表情，瞥了南田一眼。南田是個正直的男人，過去想必常被上司及同事利用、當成墊腳石。也因此，他始終擺脫不了萬年課長代理的職位。

這是個老實人吃虧的世界。不過，支撐眾多中小微型企業的，正是這種有抱負的銀行員。

「話說回來，淺野分行長真是讓人傷腦筋。」南田突然回到正題上。「他該不會真的不批准吧？」

「問題在於時機。」中西說道：「不快點批准，資金就會短缺，到時候可是會倒閉的。」

「應該不至於這麼做吧！」

半澤說道：「淺野也不希望因為自己的判斷而背上不良債權。問題在於妥協點。到底要開出什麼條件，他才肯批准——」

半澤用手指抵著額頭，開始思索。

「麻煩您了，課長。」

中西正色說道，低頭拜託。這是因為在緊要關頭說服淺野，是半澤的工作。

不過，淺野並不是個能夠輕易說服的人。

半澤嘆了口沉重的氣。

如此這般，到了下個禮拜——

「半澤，過來一下。」淺野在朝會過後把半澤叫到了辦公區的座位前。「這份仙波工藝社的簽呈，真的沒有擔保嗎？」

他如此詢問。

「很遺憾，沒有。」

是嗎？淺野思索片刻，裝模作樣地翻閱簽呈，與上週那種劈頭就是否定的氣氛似乎有些不同。見狀，南田和中西兩人也從座位上站了起來。

「我想了又想，上年度赤字，本年度的業績目前也是赤字。要在無擔保的狀態之下融資兩億圓給這樣的公司，風險相當大。你應該是做好覺悟才提出這份簽呈的吧！」

「當然。」

淺野凝視著如此回答的半澤數秒鐘。一旁的副分行長席上，江島神色緊張地窺探他們。想當然耳，一旦起了爭論，他會立刻替淺野助陣，只是目前還不知道淺野的意向，只好袖手旁觀。

「都到這個關頭了，我就打開天窗說亮話。我還是不願意融資。」

他打算打回票？

就在半澤進入備戰狀態之際——

「不過，要是被人家說是因為我不肯融資才害得公司倒閉，那我可就頭大了。」

淺野繼續說道：「而且還得承擔三億圓的不良債權，打死我都不願意。」

他望著半澤的眼底流過了各種感情與意圖。

「您願意批准嗎？」

半澤詢問，淺野沒有回答，而是當場批准了提出的簽呈。

「這就是我的結論。不過，這只是為了避免不良債權而做的消極批准。」

淺野如此聲明過後，便立刻起身，回到分行長室去了。

「謝謝您，課長。」

中西露出了笑容，對半澤說道。南田也是一副如釋重負的表情。

「沒想到這麼順利，害我白擔心了。」

將簽呈轉送融資部的中西興奮地說道，活像融資已經通過了似的。

「討論或多或少是免不了的，不過應該沒問題吧！」

正如南田所言，半澤也相當樂觀。

饒是半澤，這時候也沒料到融資部竟會提出意料之外的指摘。

8

「中西先生，融資部的豬口先生來電。」

融資部來電，是在隔天傍晚五點過後。中西緊張兮兮地接起電話。簽呈一旦進入審核流程，承辦調查役頭一個聯絡的就是承辦行員。

「來了。」

坐在半澤前方的南田頭也不回地說道。

從半澤的位置只聽得見中西的附和聲。其中不時夾雜著「對不起」，似乎是被挑了什麼毛病，但是聽不出具體內容。

過了好一陣子，「不會吧——」中西高聲說道，引起半澤的注目。南田也停下手來，一臉擔心地望著中西的背影。

「他好像被『豬八戒』壓著打。」

南田說道。的確，新人中西和資深調查役豬口的經驗差距太大了。

「是。失陪了——」

放下話筒的中西臉色發青，快步走到半澤的辦公桌邊。

「不好了，課長。豬口調查役挖出一件意料之外的事——他說仙波工藝社曾經牽涉計畫性倒閉。」

「計畫性倒閉？」

聽了這番突然的話語，半澤忍不住反問。為了某種目的，故意讓公司倒閉，造成債權人的損失——這就是計畫性倒閉。不過，他不認為仙波友之會做這種事。

「他說有這種疑慮，不能融資。」

「你有詢問詳情嗎？」南田問道。

「沒有，他叫我自己去查。說是五年前的事。」

「五年前。為什麼到了現在才……」

想當然耳，當時半澤和中西都還不是承辦人。

「豬口調查役好像也是最近才知道的。他說就算是五年前的事，事關合規性，不能視而不見。」

「客戶檔案上有這類資訊嗎？」

若是重大事件，當時的承辦人應該會將事情經過彙整並保存下來才對。

「沒有——」

中西搖了搖頭。當然，如果有這類資訊，半澤應該也會發現。

「總之，先去書庫查閱舊文件。」

半澤對中西下指示：「然後聽聽友之社長的說法。」

「知道了。如果時間上沒問題，今天我就去問問看。」

「到時候我也一起去。」

半澤話才剛說完——

「半澤課長。」

背後便傳來一道呼喚聲。是副分行長江島。「我有事情要拜託你。你今天能不能出席那個『祭典委員會』？這是第一次開會。」

「我嗎？」

半澤忍不住反問，瞥了不知幾時間空下來的分行長席一眼。

「呃，分行長呢？按照慣例，該由分行長出席才對。」

東京中央稻荷的「稻荷祭」擁有半世紀以上的歷史，在頂樓祭祀過後，還會舉辦邀集主要客戶參加的派對。配合這個祭典，懇請客戶進行各種營業支援，是長年以來的慣例。負責籌辦活動的祭典委員會是由大阪西分行的十家核心客戶構成的氏子（註1）會，總代表由立賣堀製鐵的本居竹清會長擔任，列席的委員全都是地位

1　同一神社信仰圈的信眾。

相當的公司代表人，可說是相當重要的聚會。
「其他與會人士個個是公司大老，本行的出席者卻是我，這樣不對等。」半澤說道：「分行長怎麼了？」
「他說有事要辦……」
江島也一臉無奈。
「有事要辦？祭典委員會應該是最優先事項吧！」
「這個我也知道。」
江島氣呼呼地回答，視線卻虛弱無力地從半澤身上移開了。
「是有什麼事情要辦？」
「我也問過了，可是他說不干我的事。」
江島似乎也不知情。
「傷腦筋。不過，既然這樣，該由江島副分行長代理出席，而不是我吧？」
半澤說道，江島板起了凶神惡煞的臉孔。
「今天靭製作所的春本社長約我吃飯，我不能臨時拒絕。」
「我很樂意出席，但是不知道其他客戶會怎麼說。他們都是很嚴格的人。」
「我知道。總之你先出席，設法安撫大家。關於分行長，就說他有急事，不得不失禮。拜託你，千萬別得罪大家，知道嗎？」

江島在半澤的鼻頭前方晃了晃指尖，又抬頭看了牆上的時鐘一眼。「啊，已經這麼晚了？」說著，便立刻出門赴飯局了。

「什麼跟什麼？我們也很忙啊！」

在座位上目送江島離去後，南田彈了下舌頭。「而且偏偏挑在這種緊要關頭。」

「沒辦法，我先去參加祭典委員會。中西——仙波工藝社的事就交給你了。」

半澤留下這句話以後，連忙趕往委員會會場。

果不其然，半澤在祭典委員會上如坐針氈。

——淺野為什麼沒來？

面對委員的質疑，半澤只能不斷地鞠躬哈腰。當他好不容易回到分行時，已經過了晚上八點。

大多數的行員都已經回家了，但是南田與中西兩人還留著，似乎是在等候半澤歸來。

「課長，辛苦您了。」

中西說道。

「情況怎麼樣？」
半澤詢問中西，中西抱著老舊的檔案夾來到半澤身邊。
「我翻遍檔案，完全沒找到計畫性倒閉的紀錄，倒是有發現一個疑點。」
說著，中西出示了五年前仙波工藝社的「呆帳」——換句話說，即是借出的錢要不回來的「事件」。
中西繼續說道：
「五年前，仙波工藝社借了三億圓給某家不動產公司，但是那家公司後來倒閉，發生了呆帳。豬口調查役所說的五年前的資料我全都看過了，只有這件事勉強沾得上邊。」
「對方的公司似乎有問題。」
南田接過話頭：「根據這些資料，錢是借給一家叫做堂島商店的公司，金額三億圓，預定一年內還款。不過，堂島商店卻在短短三個月後就倒閉了，造成仙波工藝社的呆帳損失。所謂的計畫性倒閉，指的應該就是這家堂島商店吧？」
南田又繼續說道：「我針對倒閉調查過了，堂島商店好像是把欠客戶的錢全都還清以後才倒閉的。結果承擔呆帳的除了仙波工藝社以外，只有來往的銀行，其中也包括了我們的梅田分行，被倒了十五億圓的債。如果沒有事先計畫，是做不到的。」

「原來如此，確實符合計畫性倒閉的特徵。」

半澤用手指抵著下巴，開始思考。「有仙波工藝社牽涉在內的證據嗎？」

「當時的承辦人寫下的備忘錄和報告書我全都看過了，並沒有仙波工藝社牽涉在內的證據。」

「話說回來，三億圓的呆帳，金額未免太大了。」半澤對這一點感到疑惑。「那家堂島商店和仙波工藝社是什麼關係？」

「堂島商店的社長是友之社長的舅舅。」

回答的是中西。

「借錢給親戚……」半澤喃喃說道。

「對。不過，錢完全沒還，三億圓全成了呆帳，未免太——」

南田感到納悶也是理所當然的，這件事實在不合理。

就算堂島商店是計畫性倒閉，為何受害者是身為親戚且關係八成相當親近的仙波工藝社？照理說，應該不會給親戚添麻煩才是。

「或許有什麼複雜的內情。」中西說道。「我已經跟友之社長約好明天一早見面了。」

「我也一起去吧！」

半澤說道。

「有話到時候再說。」

「審查得怎麼樣了？好像嚴重卡關啊！」

友之刻意用開朗的口吻詢問，眼神卻是十分嚴肅。

會計部長枝島也在身旁，正直的視線從猶如牛奶瓶底的圓眼鏡後方投向半澤與中西，坐在他身邊的春瑠亦是面色凝重。

資金周轉是公司的生命線。

公司任何時候都需要錢。無論營業額增加或減少，無論順風或逆風，都需要營運資金，可說是種非常棘手的生物。掌管公司的經營者在精神上承受的重擔是外人無法窺知的，只有站在這個立場上的人才能了解。

銀行員有義務面對隨時承受著這股壓力的經營者，見證對方的命運。這是個重要卻嚴苛的使命。

「老實說，融資部挖出了一件意料之外的事。今天來訪，就是為了請教這件事。」

半澤切入了正題。

「五年前，您被一家叫做堂島商店的公司倒債，對吧？關於這件事，我們融資部認為是計畫性倒閉，而貴公司也牽涉在內。」

「我們公司？胡說八道。」

友之怫然不悅地說道：「我的確聽過那是計畫性倒閉的謠言，可是我們公司怎麼可能牽涉在內？我們也虧損了三億圓，是受害者，怎麼反過來指控我們？」

「能否告訴我詳情？」

半澤鄭重地拜託。「要推動現在的融資，必須釐清當時的事實關係才行。」

「要我說是可以啦，不過已經是過去的事了。」

友之用手抓了抓後腦勺，一副提不起勁的模樣。

「拜託您了。」

半澤又添了把柴火。

「沒辦法。這件事說來話長，沒問題吧？」

友之如此聲明過後，才終於鬆了口。

第二章　家族史

1

「仙波工藝社的創辦人是我爺爺，算起來是上上代，而我爸是第二代。我爸本來想當演員，年輕的時候還待過東京的劇團，哎，是個特立獨行又風流瀟灑的人；不過，他終究沒當上職業演員，就趁著結婚的機會，進了父親經營的公司。當時我爸三十歲。爺爺起初認為想當演員的兒子不適合繼承公司，原本打算在公司裡另找繼承人，卻在這時候被迫修正軌道。仔細想想，假如當初沒把公司交給爸爸，而是交由其他優秀的人才經營，或許仙波工藝社會變成比現在大上許多的公司。我爸的結婚對象，也就是我媽，是堂島家的千金小姐，不知人間疾苦；當時她家經營的是一家叫做堂島商店的不動產公司，規模還挺大的。他們在東京認識，後來想要結婚的時候，我媽的爸爸，也就是經營堂島商店的外公強烈反對，說他絕不會把寶貝女兒嫁給戲子，所以我爸才不情不願地放棄演員之路，繼承家業。哎，換作我是當人家爸爸的，大概也會說一樣的話吧！」

友之繼續說道：

「我爸繼承家業仙波工藝社兩年後，我就出生了；說來湊巧，同一年，身為創辦人的爺爺也突然過世了。我爺爺名叫仙波雪村，從東京帝大畢業以後，曾進報社工作，後來靠著一枝筆獨立，是個遠近馳名的評論家，尤其在美術評論方面更是赫赫有名。不過，他不滿意自己的評論有時候被刊登，有時候沒有，所以就乾脆自己辦雜誌。他接受富裕的老家金援，創立了這家仙波工藝社，公司經營得一帆風順，創辦的雜誌《美好年代》轉眼間就成了美術評論界另眼相看的評論雜誌。雪村是個才子，不但親自擔任主筆，同時也發揮了經營長才。然而，爺爺一過世，仙波工藝社就立刻陷入了危機。」

友之淡然說道。

「爺爺過世以後，剛進公司不久的爸爸就成了社長；這部分倒還好，問題是反對爸爸繼任的員工全都離職了。非但如此，他們還開了一家新美術工藝社，跟仙波工藝社打對台。這下子事情可嚴重了。我爸和留下的員工設法重振殘缺不全的編輯部，挽救因為對手出現而下滑的發行量；可是一個經營的門外漢，能有多少本事？當了半輩子演員的人才上過一、兩年的班就要當社長，當然當不好。業績一路下滑，仙波工藝社陷入了經濟危機，差點就破產了。」

友之喝了口眼前的茶，嘆了口沉重的氣。如今同樣成了經營者，他似乎能夠體會父親孤軍奮戰的心境。

「您一定在想，明明是在講計畫性倒閉的事，幹麼搬出這些陳年舊事來？不過，事情的根源必須追溯到幾十年前。哎，就請您耐心聽下去吧！」

友之繼續說下去。

「如此這般，我爸經營的仙波工藝社陷入了創業以來的最大危機。當時往來的銀行也撒手不管，要求返還七千萬的融資，不知道要去哪裡籌這筆錢。這時候，我媽採取行動，挽救了搖搖欲墜的公司。她跑回娘家堂島商店，哀求外公代墊這七千萬圓。說白了，這是仙波和堂島兩家的故事。」

半澤身旁的中西豎耳朵細聽，以免遺漏隻字片語。

「堂島的本家原本是近江的商家，次男富雄跟父母拿了一筆錢，來到了大阪。這是大正時代的事。富雄很有生意頭腦，靠著炒地皮發大財，堂島商店也成了大阪無人不知、無人不曉得的行號。我媽懂事的時候，家裡就已經發達了。我媽的哥哥，就是日後繼承堂島商店的堂島芳治；而這個芳治，正是半澤先生您想知道的計畫性倒閉始作俑者。」

明明是個火藥味十足的故事，在友之幽默的大阪腔講述之下，聽起來倒像是個悠閒小品。不過，這個家族的故事並未停留在過去，而是延續到現在。

「堂島富雄對我爸本來就沒什麼好感，我爸也一樣，當初被迫捨棄熱愛的演員之路，所以對富雄心懷芥蒂。不過，我媽終究是富雄的寶貝女兒，她雖然知道我爸跟富雄不對盤，還是低頭懇求富雄出借七千萬圓鉅款。然而，當時堂島商店已經失去昔日的光彩，邁入困頓期；借給我爸公司的七千萬圓對於堂島商店而言，是為了奮力一搏而存下的血本。就結果而言，等於是為了幫助我爸的公司而放棄翻身的大好機會，可說是損失慘重。」

這是兩家的利害關係互相糾結的瞬間。

「接下來才是重點。這件事也意外地給另一個人的人生帶來了巨大的影響。那個人就是我媽的哥哥，堂島芳治。」

說到這兒，友之喃喃說了句「真是因果循環啊」。

「當時，堂島芳治已經從東京藝大畢業，為了當畫家，正在巴黎修行。可是富雄因為家業難以維持，切斷了他的資金，他只好含淚回到日本來。他在巴黎待了近十年。根據我媽的說法，留法前的舅舅是個溫文有禮的好青年，可是從巴黎回來以後，卻像是變了個人似的。舅舅被迫放棄畫家之路、回歸家業，開始敵視造成這種局面的我爸媽。有一次，不知道是為了什麼事情，舅舅跑來我家；詳情我不清楚，大概是為了錢吧！起先氣氛還算和平，不久後，舅舅就開始咒罵我爸媽，最後還撂下狠話，要我爸媽立刻把七千萬圓還來。他大概是想把錢討回來，好重返巴黎吧！芳治的態度對於我爸媽而言是股很大的壓力。堂島富雄出的錢雖然幫助仙波工藝社脫離了危機，可是狀況依然很艱難。我媽一直想和斷絕關係的舅舅芳治重修舊好，而要重修舊好，必須還錢；可是，當時的仙波工藝社沒有這種餘力。公司的業績重上軌道，是在對手新美術工藝社因為經營散漫而倒閉，從前的編輯回到公司以後，而那已經是五年後的事了。雖然很想還錢，卻還不出來，當時我爸媽應該也覺得很愧疚。我媽常說是他們夫妻倆把芳治變成那樣的。不過，他們始終沒能重修舊好。」

友之露出了感慨的眼神。

「我上了大學以後，堂島家因為外公富雄病逝，由芳治接管了公司。不過，當時堂島商店的經營環境對於長年立志當畫家的芳治而言，似乎太過嚴峻了。同時，芳治一直懷有根深蒂固的挫折感；他的心裡還留有眷戀，覺得如果沒變成這種局面，說不定自己已經獲得巴黎畫壇的肯定了。我和爸媽一起去參加富雄的葬禮時，舅舅當著所有親戚的面對我們這麼說：『這裡不是你們該來的地方。還是說你們是來還錢的？』這根本是在羞辱我們。我聽爸媽說過事情的來龍去脈，本來也覺得虧欠芳治很多，不過這時候我就明白了。這個男人不值得我們費心。也不想想他自己完全不工作，在巴黎放蕩了近十年，到底有什麼資格對我媽借來救命的錢說三道四？」

友之似乎想起了當時的情況，眼中充滿怒意。

「後來，原本就低迷不振的公司漸漸坐吃山空，芳治接受了經營的無情洗禮。同一時期，我從大學畢業，在東京的大出版社修行三年以後，回歸家業仙波工藝社。當時仙波工藝社的業績一路長紅，恢復了昔日的盛況。我爸因為身體欠佳，就把社長的位子傳給年輕力壯的我，自己退居會長，在十年前過世了。在那段期間，他把自己辛苦學來的經營知識全都傳授給我。我爸過世不久後，長年不相往來的堂島芳治突然透過我媽提出了一筆生意，問我要不要買下他的公司大樓。就是現在這棟樓。」

中西一面在膝蓋上的筆記本做筆記，一面興味盎然地環顧社長室。

「當時正好是仙波工藝社獲利創新高的時期，員工也變多了，原來的公司大樓已經不敷使用。雖然我看芳治不順眼，不過這筆生意也算是各取所需，所以我就把當時位於天滿的公司大樓賣掉，又向銀行借了一筆錢，買下堂島商店的公司大樓，心情舒爽極了。後來我才知道，當時堂島商店很缺錢，銀行肯借的錢也不多，無處籌錢的芳治迫於無奈，才向我們家求助。」

友之的嘴角露出了不似他所有的憎惡笑容。「如果芳治當時還有餘力，鐵定會找其他買主。」

友之與芳治，仙波家與堂島家——骨肉相殘跨越了世代延續下來。友之繼續說道：

「將大樓賣給我們以後，堂島商店遷到了松屋町附近。站在芳治的角度，大概是打算轉換跑道，重新出發吧！只可惜事情沒有這麼容易。之後堂島商店還是一樣欲振乏力，所以他又透過我媽向我借錢。這是五年前的事。」

友之的故事逐漸連上了計畫性倒閉的核心。

「利用我媽一直惦記著堂島家恩情的心理來挖錢，這種卑鄙的作風確實很符合舅舅的為人。現在一想起來，我還是滿肚子火。當然，起先我是打算拒絕的。憑什麼要我借錢給那種人？我的心情應該不難理解吧！不過——」

友之拍了自己的膝蓋一下。

「我媽卻叫我把錢借給他。我媽一直掛念著當年仙波工藝社快倒的時候堂島家代墊的七千萬圓，如果把這筆錢借給芳治，雙方就恩怨兩清，心頭的重擔也可以放下來了，以後到了陰間，就可以跟我爸報告：該還的債都還清了——我媽都這麼說了，我當然不能不借，畢竟仙波工藝社能有今天，靠的是那筆錢。所以我也改變想法，決定借出三億圓。幾十年前的七千萬或許比較有價值，不過這種細節就別計較了。雖然形式上是借貸，其實我早就做好討不回這筆錢的心理準備了。果不其然，如我所料，芳治連一毛錢都沒還我，公司就倒閉了，而他也在兩年後死掉了。他沒有小孩，唯一的家人就是他的妻子。我聽到的小道消息說，舅舅有留下一棟大樓，登記在妻子名下，這樣自己有了萬一的時候，妻子就可以靠著收租過活。以我那個不懂經營的舅舅而言，這招已經算是很高明了。芳治為了日後有一天能夠東山再起，沒讓他的生意對象虧損半毛錢，損失的只有來往的三家銀行和我們公司。就這樣，我把三億圓列為呆帳，償還了我父母那一代留下來的陳年舊債。我媽是在去年十月過世的，馬上就要滿一年了；或許她現在已經向我爸報告了還清債務的消息，也在陰間跟芳治重修舊好了呢！順道一提，芳治到底是不是計畫性倒閉，我是真的不知道。就算是計畫性倒閉，一切都是因果循環，沒有誰占便宜誰吃虧的問題。如何？半澤先生，這就是我們家和堂島家的關係，你滿意了嗎？」

友之說完這段漫長的往事之後，現場瀰漫著一股沉悶的沉默。

「後來您有和堂島太太見過面嗎？」

「沒有。」

面對半澤的問題，友之搖了搖頭。

「老實說，我連芳治的葬禮都沒去參加。他死了，我甚至還覺得是老天有眼。」

「您知道他留下的大樓在哪裡嗎？」

「西長堀。聽說公司倒閉、房子被扣押之後，舅舅夫妻倆就是住在那棟大樓裡。我們一直沒有來往，所以我不清楚舅媽現在是不是還住在那裡。」

「能告訴我地點嗎？」

半澤詢問，中西從公事包裡拿出大阪市西區的地圖並攤開來。友之用手指指出的，是距離分行約有十分鐘車程的地點。

「我記得名字是叫做『堂島之丘』。」

「是不是一樓有畫廊的大樓？」中西說道。

「你知道？」半澤詢問。

「我還在營業課的時候，那家畫廊的老闆常來銀行；有一次，我奉命送文件過去給他。記得那家畫廊是叫做光泉堂。」

「如果舅媽現在還住在那裡，應該是靠著店租和房租過著悠然自得的生活吧！」

友之說道：「聽律師說，無論公司再怎麼困難，芳治都沒有動用登記在妻子名下的大樓。就算是那種人，也懂得保護自己的老婆啊！事實上，舅媽既不是堂島商店的經營團隊之一，也沒當保證人，所以債權人動不了她半根汗毛。」

「原來如此。」

半澤點了點頭，鄭重地詢問友之：「剛才您說的那番話，我可以向融資部報告嗎？」

「我無所謂。這種事我也不想再提了，這次說完以後留下紀錄，反而比較省事。」

「謝謝。」

半澤道謝，和中西返回分行之後，立刻將來龍去脈整理成報告書，提交給融資部。

這麼一來，仙波工藝社的融資就能順利通過了——本該是這樣的。

2

「喂，半澤先生嗎？我是豬口。」

融資部的電話不是打給承辦人中西，而是直接打給了半澤。

那是將仙波友之的一席話彙整成報告書提出的隔天。

「我們部門討論過了，得到的結論是光憑這份報告書，無法斷定仙波工藝社與計畫性倒閉無關。」

「這是什麼意思？」

半澤發出了僵硬的聲音。

「畢竟這只是仙波社長的一面之詞。」「豬八戒」說道：「關鍵的另一方堂島商店是什麼情形，根本無從得知。光靠這份報告書，要證明仙波工藝社沒有參與計畫性倒閉，證據太薄弱了。」

「如同報告書所示，堂島商店已經倒閉，堂島社長也在三年前過世了，無法向另一方求證。報告書上已經寫得很明白了。」

「換句話說，是不是計畫性倒閉只有老天才知道，不是嗎？」

「我認為仙波社長的說法可信度很高。」

「話是這麼說，可是部長也持同樣的看法。」

「北原部長嗎？」

融資部長北原是素以嚴謹聞名的保守銀行家。

「堂島商店的倒閉造成梅田分行背上鉅額不良債權是事實，無論仙波工藝社是怎麼想的，出借的三億圓很有可能成了計畫性倒閉之後的資金來源。這不是一句不知情就能帶過的問題，甚至可以認定為事實上的參與——這是部長的看法。」

「仙波工藝社是受害者。雖然是親戚，可是早就沒有往來了，會借錢也是為了了結過去的恩怨。」

「那是他們親戚間的家務事，一般人可不吃這一套。」

「不然要怎麼辦？」

這下子可就束手無策了。

「計畫性倒閉的事處於灰色地帶，我們已經為此損失了十五億圓。」

豬口繼續說道：「另一方面，仙波工藝社的業績自去年以來一直都是赤字，一旦倒閉，這筆沒有擔保的三億圓融資就會變成不良債權，不能再增加同一個家族的企業呆帳了。更別說還有被金融廳糾正的風險。身為授信控管部門，我們不能讓這種情況發生。您應該懂吧？半澤先生。我們必須守住這道防線。」

豬口的理論反應了銀行的內情，不是一句狹隘的個人意見就能帶過的。

「說歸說，要是駁回簽呈，仙波工藝社應該也很為難；我和北原討論過後，決定有條件放款——如果有擔保，就核准這份簽呈。」

要達成這個條件很困難。

「要是有擔保，早就拿出來了。」

半澤困惑地說道。「我已經清查過資產內容了，沒有其他可以拿來擔保的資產。

條件能不能放寬？這筆錢對於仙波工藝社而言是必須的資金。」

「這不是我們可以作主的，而是考量到金融廳檢查所下的判斷。」

金融廳打著保護日本金融體系的大旗，向來嚴格審視銀行的融資內容。

「我知道，可是不融資，仙波工藝社就撐不下去了。這樣怎麼行？」

「這和本部門沒有關係。」

豬口說出了令人惱怒的話語。「我們的工作是授信判斷，半澤先生。判斷能不能借錢，是本部門的責任；說得難聽一點，融資對象會有什麼下場，不干我們的事。那是客戶自己的問題。」

他的回應十分冷淡無情。

「您的意思是說，就算仙波工藝社的員工全都流落街頭，也不干您的事？」

聽到半澤這番隱含怒意的話語，南田回過了頭。南田也沒料到原以為可以通過的簽呈竟會意外卡關。

「我沒這麼說。總之，擔保是這件融資案的絕對條件，請妥善處理。還望您多加諒解。」

豬口逕自掛斷了電話。

「這是你身為融資課長的態度問題。」

聽聞豬口提出的要求之後，淺野將事態的責任全推到半澤身上。

「因為你誤判狀況，導致仙波社長做出錯誤的選擇。融資部豈會輕易核准簽呈，融資給連續赤字的公司？」

「就算是為了給金融廳交代，融資部提出的條件實在太嚴苛了。仙波工藝社不該被逼得這麼緊。您能不能跟北原部長交涉看看？分行長。」

「我不要。」

淺野一口拒絕。

「我對於這份簽呈本來就是持消極態度。比起你的說明，我覺得融資部的看法聽起來合理多了。」

「可是，這樣仙波工藝社會倒閉的。」

「那也沒辦法啊！這是融資部的判斷。再說，要是倒閉，也是融資部造成的，不是我們的責任。」

「這不是責任的問題，分行長。不能讓仙波工藝社的員工流落街頭。」

「那就去找擔保啊！」

淺野斷然說道：「這樣問題就解決了。」

「我說過，擔保——」

「不是有收購案嗎？」淺野逮住機會說道：「連續赤字的公司誤以為沒有擔保也能融資，才會演變成這種局面。是你把事情說得太簡單了。現在立刻去仙波工藝社，告訴社長融資有困難，同意收購比較快。對對對，如果他同意收購，就算得跟總部交涉，我也會通過這次的融資。」

東京中央銀行是現場主義。

現場的主管分行長所說的話極具份量，只要說一句「務必支援」，就能讓融資部回心轉意；不過，淺野完全沒有這麼做的意思。

原本該保護客戶的分行長撒手不管，融資部也冷淡以對，棄之不顧——仙波工藝社的簽呈就像顆皮球一樣被踢來踢去。

「請讓我考慮一下。」

半澤說道。

「有什麼好考慮的？」

淺野一口駁斥。

「仙波工藝社只剩下一條路可走了。這麼簡單的道理，為什麼你就是不明白？連小學生都懂。快去找仙波社長面談，說明狀況。到時候他就會改變主意了。」

淺野宛若驅趕蒼蠅似地擺了擺手，宣告談話結束。

社長室裡，友之、春瑠與枝島三人齊聚一堂。

「居然在這個關頭討擔保？」

半澤轉述與融資部的交涉內容之後，友之發出了絕望的聲音，抱住腦袋。「我們拿不出東西擔保啊！半澤先生。這代表融資已經沒有希望了嗎？」

「我想過了，現在放棄還太早。還有轉圜的餘地。」

「轉圜的餘地……」

「之前請教堂島商店的事情時，您提過堂島太太名下的大樓逃過債權人的追討，完好無缺地保留下來，對吧？」

友之抬起頭來。他總算明白半澤的言下之意了。

「可是，我和堂島家……」

「我明白兩家的關係。這個請您過目。從您之前提供的資訊，我們找到了堂島政子女士的大樓，並取得了土地建物登記謄本。」

友之、春瑠與枝島三人窺探中西遞出的謄本。土地建物登記清冊是記錄了建物概要、所有權人與擔保設定狀況等事項的公文書，而謄本則是清冊的抄本。

「這棟租賃大樓確實是堂島政子女士獨自擁有，完好無缺，目前也沒有拿去當任何擔保，不動產價值應該不下十億圓。只要拿這棟大樓做擔保，這次的融資就能順利通過了。」

「我知道，可是上次也說過，我們和堂島家已經完全沒有來往了。」

友之始終持否定態度。

「既然如此，不如先由我們和堂島政子女士見個面，探探她的口風。」半澤提議：「雖然不知道事情會怎麼發展，至少盡人事，聽天命吧！如何？」

友之面色凝重地盤起手臂。

「你覺得呢？我是贊成啦！」春瑠說道：「我認為半澤先生他們應該能夠說動對方。要是行不通，到時候再想辦法吧！」

「社長，我也要拜託您。就讓半澤先生試一試，好不好？」

枝島也如此懇求。

「唉！沒辦法。」

友之打定主意，抬起頭來。「本來該由我親自登門拜訪才對，不過上次我也說明過我們兩家之間的問題了。抱歉，就勞煩你了。」

友之說道，雙手拄著膝蓋，低下頭來。

3

那是鄰接土佐稻荷神社的幽靜場所。

「就是那棟大樓吧？」

握著方向盤的中西放慢車速，一手指著隔著擋風玻璃看見的大樓，並將車子停靠到附近的人行道旁。

「果然是這棟大樓。那家店我去過。」

他指向一樓的畫廊。畫廊掛著光泉堂招牌，從外頭可以窺見牆上並排的風景畫。

那是棟充滿時尚感的十層樓建築，二樓以上似乎是租賃套房；面向馬路的左手邊有扇玻璃門，設有大門對講機。隔著沒有鑰匙無法進入的內門，可以看見入口大廳和電梯。信箱似乎是設在有保全系統的內側，從外頭看不見。

「這樣不知道堂島太太是住幾號房耶！」

說著，中西開始思索如何是好。

「不如問問光泉堂的社長吧！」半澤說道。

「那就碰碰運氣吧！希望他還記得我。」

一行人再度走到屋外，打開了畫廊的門。

半澤將名片遞給店裡的女店員，不久後，一個矮小圓胖的男人從裡間出現了。

他一看到與半澤並肩而立的中西，便說道：

「哦，是你啊！」

他還記得中西。「最近都沒看到你，原來是變成外勤了啊！」

「好久不見，我現在是在融資課工作。」

中西遞出名片，「哦！」光泉堂的社長岡村光夫興趣缺缺地接過，重新問道：

「今天有什麼事？」

「我想請教一下關於這棟大樓的屋主的事。」

半澤帶入正題。

「屋主？你是說堂島太太嗎？」

岡村抬起頭來

「您認識嗎？」

「豈止認識，我們可是一起泡茶聊天的好朋友。你們找堂島太太有什麼事？」

「她住在這裡嗎？」

半澤詢問，岡村回答：「嗯，是啊！」在不明白對方來意的狀態之下交談，令他滿臉困惑。

「是這樣的，堂島太太的親戚開的公司是我們銀行的客戶，我有事想找她商量。」

「應該不是會造成堂島太太困擾的事吧？」

岡村確認般地問道。

「當然不是。」半澤回答：「只是想請教堂島太太的意見而已。」

「是嗎？那我問問堂島老太婆，你等等。」

岡村拿出手機，當場撥打電話。

「喂？呃，東京中央銀行的融資課長現在在我店裡，說是有事要跟妳談，怎麼辦？要見他嗎？什麼？哦，這樣啊！妳等等。」

岡村用手摀住手機，轉頭對半澤說道：

「她說她沒事要跟你談。怎麼辦？」

「不會給她添麻煩的。」

半澤說道：「能不能請她稍微撥點時間出來？」

「他說不會給妳添麻煩，請妳撥點時間給他。怎麼辦？什麼？不行啊——她說不行。」

岡村說道。中西緊張兮兮地看著他們說話。政子聽到是東京中央銀行，八成以為是跟堂島商店的債權有關，因此心生警戒。

「可以讓我來講嗎？」

半澤從岡村手中接過手機。

「您好，我是東京中央銀行大阪西分行的半澤。」

他向對方報上姓名。

「東京中央銀行找我做什麼？」

電話彼端傳來了嘶啞的聲音。她那直接了當的說話方式不像高雅的悠閒貴婦，倒像是豪爽的下町居民。「如果是堂島商店的事，跟我沒關係，回去吧！」

「不，我不是要談那件事。我是為了仙波工藝社而來的，能不能占用您一點時間？」

「仙波工藝社？」

電話彼端是一陣意外的沉默。「仙波工藝社怎麼了？」

「可以當面談嗎？」

政子思索了一會兒。

「哎，好吧！不會花太多時間吧？有幾個人？」

她詢問。

「兩個。」

「那你去按一〇〇一號室的電鈴。在十樓。」

4

來到十樓一看，正面只有一扇門。這層樓似乎全是政子的居住空間。

半澤按下門邊的對講機，一個矮小的銀髮女性隨即現身。她就是堂島芳治的妻子政子。

「請進。」

寬敞的入口正面掛著一幅大大的畫作，應該是米羅的石版畫吧！半澤被帶往的客廳雖然寬敞，卻不華麗，有種莊重的感覺。

從半澤的位置可以看見櫃子上擺放著玻璃工藝品與桌鐘，旁邊的椅子上則是擱著一個小提琴盒。

政子泡了三杯紅茶端來，將茶杯放在半澤與中西面前，自己則往空著的扶手椅坐了下來。

「您會拉小提琴？」

「我從前曾經立志當小提琴家，不過現在大家都說看不出來。」

政子年紀約莫六十，正面一看，是個五官端正、雙眼令人印象深刻的女性，年輕時想必是位大美人。

「你要談仙波工藝社的什麼事？」

政子完全不拐彎抹角，劈頭就問：「那家公司終於倒了嗎？」

半澤不禁苦笑。如果不說話，說她是深閨貴婦也不突兀，但是一說話就成了「大阪的歐巴桑」。

「不，還沒倒。」

「是嗎？那就好。」

政子滿不在乎地說道，將眼前的茶連同碟子放到膝上，喝了一口。

「聽說五年前仙波工藝社曾經融資三億圓給堂島商店，後來成了呆帳。」

半澤帶入正題，政子皺起了眉頭。

「那件事和我沒關係，我剛才不是說過了嗎？」

「對，我知道。」半澤繼續說道：「只不過，現在仙波工藝社有融資需求，金額是兩億圓。本行雖然想支援，但是行內有些爭議，現在需要新的擔保。」

政子默默地傾聽半澤的話語。

「所以我想打個商量，如果可以，希望堂島女士能夠協助。」

「協助？具體上要怎麼做？」

「能不能請您提供這棟大樓當融資擔保？」

政子默默地喝了口膝上的紅茶，接著——

「我拒絕。」

她斬釘截鐵地回答。「憑什麼要我為了仙波工藝社拿出擔保來？」

「請您幫幫忙吧！現在仙波工藝社能夠依靠的只有您一個人了。」

「既然這樣，為什麼不是友之來拜託我？太奇怪了吧！本人沒來，反倒是銀行的人跑來。」

「我已經拜託過友之社長，向他徵得與您見面的許可了。友之社長不願意給您添麻煩。」

「換句話說，你們只是跟友之報備一下，就自作主張跑來了？哎，我想也是。」

政子恍然大悟，點了點頭。

「我說啊，友之不是不想給我添麻煩，是不想跟我扯上關係。他跟我老公鬧過很多不愉快，現在應該也不願意低頭求我提供擔保吧！」

政子相當了解友之的心理。「而且我也不想談這個話題。半澤先生，就連老公的公司快倒閉的時候，我都死守著這棟大樓，現在怎麼可能為了仙波工藝社拿出來當擔保？」

「您的心情我懂。」

半澤鍥而不捨，繼續說道：「不過，能不能請您考慮一下？」

「不用考慮了。」

政子立刻搖頭。「仙波工藝社是有近百年歷史的老牌出版社，這樣的公司不來找我幫忙就借不到錢，代表業績很糟糕。我不知道那筆錢是要拿來幹什麼的，總之公司是赤字狀態吧？」

或許是因為經營者的妻子當久了，政子的直覺相當敏銳。「拿出來給這種公司當擔保，搞不好就拿不回來了。你這是要把我這個老太婆的家給搶走嗎？」

「說什麼也不行嗎？」

「不行、不行。」政子說道：「你回去跟友之說，叫他自己想辦法。這是社長的職責。」

政子的態度十分堅決。

「還有，你們也別再來這棟大樓了，算我拜託你們，真的。」

5

「半澤課長，過來一下。淺野分行長找你。」

偕同中西回到分行時，江島如此呼喚半澤。淺野的架子太大，呼叫部下成了江島的工作。

至於淺野本人則是坐在江島隔壁的位子上，一臉不悅地望著半澤。

「仙波工藝社的事辦得怎麼樣了？」

半澤一來到淺野面前，淺野便厲聲質問：「找到擔保了嗎？」

「還沒。」

「那你打算怎麼辦？就這樣耗到需要資金的那一天，讓公司倒閉嗎？」

「可否再給我一點時間處理擔保的問題？」

「這是時間可以解決的問題嗎？與其浪費時間，不如進行M&A。你為什麼不這麼做？」

「仙波社長沒有賣掉公司的意思。」半澤斷然說道：「現在還不是進行M&A的時候。」

「你還在說這種話？」

淺野厲聲說道，對半澤投以焦躁的視線。「完全搞不清楚狀況。難道就因為他堅持要自己當老闆，害得員工全都流落街頭嗎？」

淺野壓根兒沒考慮過客戶的員工，卻說得大義凜然。

「再去勸勸仙波社長考慮收購案，這是分行長命令。」

繼續在這裡跟淺野雞同鴨講，根本沒完沒了。

「還有，帶大阪營總的伴野一起去。」淺野補上一句：「只有你一個，我不放心。有伴野在，就可以安心了。」

隔天，半澤便帶著伴野造訪了仙波工藝社。

「又要談收購？」

一看到伴野，友之便露出了厭惡之色。

拜訪堂島政子的始末，昨天已經報告過了。當時友之的反應是「我想也是」，態度十分灑脫，似乎打從一開始就沒期待過。

「哎，請別這麼說。今天謝謝您撥空見我。」

伴野擺出笑容大獻殷勤，低下了頭。「聽說融資卡關，我覺得這是請您積極考慮上次那件事的好機會，所以就來拜訪了。社長，至少讓我跟您報告對方的公司名稱和收購價格等資訊吧！拜託您了。」

伴野裝腔作勢地說道，雙手拄著膝蓋，深深地低下了頭。

友之露出了厭煩的表情。

「聽聽看不會收錢吧？」

然而，他終究拗不過伴野。「妳不反對吧？春瑠。」他向身旁的妹妹徵求同意。

不久後，伴野畢恭畢敬地對簽下「保密合約」的兩人遞出一份文件。

「就是這家公司。」

「——是傑寇？」

友之露出了驚訝之色，至於春瑠則是疑惑大於驚訝。

「傑寇怎麼會……完全是不同的行業啊！」

春瑠喃喃說道。

「不，不算是毫無關係。」

友之突然將視線轉向伴野。「田沼美術館明年就落成了吧？」

「不愧是社長。預定明天春天完工。」

原來如此。春瑠也點了點頭。

「田沼社長是舉世聞名的現代藝術收藏家。」

伴野繼續說道：「要說他是現在全日本最有名的收藏家也不為過。尤其是仁科讓的收藏品，更是壓倒性居多，將來會成為田沼美術館的主力展覽品。」

「蓋了一間美術館，順便再買一家美術雜誌出版社？」

友之的話語流露出些微的嫌惡感。「只要有錢，什麼都能買。」

「田沼社長是貴出版社的忠實讀者。他衷心支持這本優良雜誌，希望能夠改革日本的美術業界。」

伴野的營業話術似乎未能打動友之和春瑠。

「不成。」

友之說道：「如果是我們的讀者，應該知道上上代的創辦人仙波雪村提倡的創業精神是『論述獨立』。要是我們加入了特定資本旗下，創業精神該怎麼辦？打個比方，正面批判田沼美術館企畫展覽的評論應該就不能寫了吧？還是說田沼先生有這等雅量？」

「不過，加入傑寇旗下，就能穩定經營。您不想保護員工的生活嗎？社長。」

「我當然想保護員工。我也知道融資審查卡關了。」

友之說道：「不過，站在員工的立場，在企畫範圍受限的公司工作，很難施展手腳，這樣根本算不上是真正的保護員工。如果你以為我會因為缺錢而輕易賣掉公司，那就大錯特錯了，伴野先生。」

「話是這麼說，但是這件事可不是兒戲。」

伴野慢條斯理地反駁。「田沼社長是認真的。為了顯示這一點，他交代我向您報告傑寇打算出多少『暖簾費』來收購貴出版社。」

所謂的暖簾費，指的就是該公司的「招牌費」。老店的招牌較為值錢，若是社會信任度與知名度夠高，便可獲得相應的價碼。在企業買賣中，除了土地、建物以外，還會評估每年的獲利狀況，再加上這種「暖簾費」來決定公司的價格。

「我可以說了嗎？」

伴野賣了個關子，見友之沉默以對，他便逕自說下去了。「──十五億。」

友之倒抽了一口氣，春瑠瞪大眼睛，不發一語。

「計算出公司的價值以後，還會再加上這筆暖簾費。能否請您好好考慮一下呢？社長。」

中西屏住呼吸，望著友之。

友之和春瑠幾乎持有仙波工藝社的所有股份。賣掉以後，除了評估資產與獲利能力而開出的金額以外，還有十五億圓可以進帳，最終賣價應該會高達數十億圓。

「兩位都還年輕，田沼社長也說您可以繼續擔任社長，直到六十五歲退休那一年。沒有任何問題。」

友之靜靜地吸了口氣，內心的「動搖」流露在側臉上。

「請您務必積極考慮，社長。只要您改變主意，我們隨時可以開始辦手續。等您的好消息。」

說完，伴野深深地行了一禮，離開了社長室。

「十五億啊？哎呀呀，真傷腦筋。」

友之深深地嘆了口氣，如此輕喃。他就像是被紙團砸到一樣，皺起了臉龐。「你覺得呢？半澤先生。你也認為我把公司賣掉比較好嗎？」

「這是該由社長和春瑠小姐決定的事。」

半澤說道：「我們會遵從您的決定，在可能的範圍內全力支援。」

「春瑠，妳覺得呢？」

「當然啦，我也想要錢，畢竟想買的東西很多。」春瑠直率地說道：「不過，要是把公司賣掉換錢，以後死了，可就沒臉見祖先了。公司真的倒了的話另當別論，現在還沒到這種地步啊！社長。怎麼能為了十五億就把創業精神賣了？」

「被人用鈔票打臉，大概就是這種感覺吧！」

友之仰望牆上的阿萊基諾，感慨良多地說道：「不過，多虧了這件事，我認清了自己的處境。我不想出賣靈魂。這和保護員工是兩碼子事。」

友之將視線轉向半澤。

「可是，銀行應該希望我們同意收購吧！半澤先生，你在銀行裡也有你的立場，就跟分行長說我正在積極考慮收購案吧！這樣才不會又生出事端來。回覆能拖就拖。不懂得變通，是無法升官發財的。」

「我不能做假報告。畢竟──我是個不知變通的人。」

聽了半澤的回答，友之抖動肩膀，無聲地笑了。

「話說回來，眼前的可是前所未有的難題啊！該怎麼辦才好？」

友之陷入思索。

「您有沒有再次和堂島太太交涉的打算？」半澤重新問道：「雖然她那麼說，我覺得還有希望。被拒絕一次就打退堂鼓的話，什麼事都做不成。我反倒認為接下來才是勝負關鍵。」

「半澤先生說得沒錯。」春瑠說道：「社長，再去找她一次吧！要不然我也一起去好了。」

「不，我去就行了。」

友之考慮片刻之後，瞪著某一點，說道：

「我不認為舅媽會輕易地把自己的大樓拿來做擔保，不過我們現在只剩下這個選項了。半澤先生，你可以幫忙嗎？」

「當然。不過，用正攻法，只會吃閉門羹。」

「她的確叫我們別再上門了。該怎麼辦？」

友之開始思索，半澤對他說道：

「我有個主意。」

6

「從狀況判斷，仙波工藝社鐵定會積極考慮收購案。簽呈過不了，又找不到擔保，他們已經無計可施了。看來兵糧就快劫到手了。」

阿萊基諾俯視著面露奸笑的和泉。雖然同為阿萊基諾，這裡的並不是仙波工藝社的那種石版畫，而是出自仁科讓之手的油畫，價值連城。

傑寇的社長室。

和泉與伴野的面前是面帶不悅之色的田沼；他倚著扶手椅背而坐，蹺起的雙腳神經質地擺動著。

「說歸說，對方還沒同意收購吧？是嫌十五億太少嗎？」

「不不不，沒這回事。」

搖頭回應的是伴野。「我說出金額的時候，仙波社長明顯動搖了。他應該很想要這筆錢，只不過——」

說到這兒，伴野略帶顧慮地揀選言詞。

「仙波工藝社的經營方針是『公正論述』，他好像很在乎這一點。」

「他的意思是我辦不了公正的雜誌？沒這回事吧！」

田沼大言不慚地說道。

「那當然。」

和泉附和。

「下次會跟對方說明田沼社長心胸寬廣，可以自由辦雜誌。清除這些門檻，仙波社長他們比較容易下決定。畢竟現在也只能棄車保帥了。」

「那就立刻跟他說吧！我等你們的好消息。」

「遵命。對了，今天我帶來了社長應該會感興趣的待售公司清單。」

和泉話一說完，伴野便將新的資料滑到田沼面前，話題切換為今後的鉅額M&

A戰略。

傑寇的成長逐漸趨緩了。

在短期間內達成長足的成長，股票也順利上市。雖然田沼被當成經營之星追捧，說什麼長年以來平淡乏味的日本經濟界終於誕生了睽違已久的夢想企業，但是這陣子的業績卻陷入了瓶頸。

然而，股東追求的是不斷的成長。

「傑寇急煞車」、「成長戰略蒙上陰影」、「成長神話步入終結」——成長一稍微緩和下來，社會上便大量湧現的過剩反應在在刺激著田沼的神經。

於是乎，為了在逐漸飽和的虛擬購物商城主業之外開闢新的獲利來源，田沼祭出了一招。

就是企業收購戰略。

收購看中的公司，注入資本與知識技術，在短期間內扶植壯大。按照田沼的計畫，這麼做能讓傑寇不斷成長，成為高獲利企業集團。

另一方面，這個戰略的主軸正好與東京中央銀行岸本行長的M＆A強化方針不謀而合。如今，執行傑寇的企業收購戰略，可說是承辦銀行大阪營總的首要之務。

「總共有五十家公司，伴野會說明收購各家公司的好處。」

沒有回答。

也不知道田沼究竟關不關心，他完全沒碰那份文件，盤起手臂，閉目靜默。社長室一片安靜，伴野的說明聲被吸進了長毛地毯中。

聆聽說明的和泉腦中冒出了一個疑問。

清單上的每家企業都魅力十足，充滿了將來的可能性。

然而，田沼看起來卻漠不關心，心不在焉。

另一方面，他對於收購仙波工藝社卻是展現了異常的執著。

為什麼？

田沼的興趣已經不在商業，而是轉移到藝術領域之上了嗎？

田沼時矢這個經營者的心思，和泉完全摸不清。

不——和泉轉念一想：我不是摸不清這個男人的心思，而是根本不想知道。對於這個陰晴不定的男人，和泉期待的只有一句「好，以後就由你們擔任顧問」。

不過，要聽到這句話，得討多少歡心、拍多少馬屁、說多少花言巧語才行？一思及此，和泉就眼前發黑。

7

秋高氣爽的早晨。

時值早上六點半，仍然留有冰涼夜氣的境內鴉雀無聲，幾個身穿作業服的人正在撿垃圾。他們都是這座稻荷神社的氏子，每週活動三天，打掃寬廣的境內、修剪植栽，有時還會放飯給遊民，活動範圍可說是相當廣泛。

現在，有個男人提著偌大的垃圾袋走在境內，那就是半澤直樹。他戴著手套，只要看到菸蒂或垃圾，就用夾子撿起來，放進垃圾袋裡。

跟在身後的是中西，頭上綁著擦手巾，身穿運動服。而在他附近的，則是身穿作務衣、手持竹掃帚打掃境內的仙波友之。

這一天允許他們臨時加入氏子活動的，是在東京中央稻荷祭也擔任中心角色的本居竹清。他是立賣堀製鐵的會長。

根據竹清老先生所言，分散在境內各處打掃的氏子共有二十人，絕大多數都是住在這一帶的老人；比起宗教，這個活動更接近社區活動。本居竹清也是這座土佐稻荷神社的氏子總代表，在地方上位高權重。

「辛苦了。」

背後傳來這道聲音，一台兩輪拖車逐漸靠近。中西察覺拉著車子的是竹清老先生，連忙奔上前去，提議：「讓我來吧！」

「沒關係，這是我的工作。」

「不不不，那怎麼行呢？」

在一陣推辭過後，中西拉著竹清老先生讓給他的拖車，消失在境內深處。

竹清老先生在附近找了個地方坐下來，從懸在腰間的袋子裡拿出瓶裝水潤喉。脖子上披著擦手巾，身穿老舊作務衣，腳踩雪踏屐的模樣看起來合襯極了，一點也不像是上市公司的會長。擁有竹清這等地位與財力，大可以天天去名門高爾夫球場玩樂，但他並沒有這麼做，而是像現在這樣，勤於和當地人交流，因此備受敬重。

「喂，老太婆，差不多該休息了。」

竹清呼喚道，蹲在附近的一名身穿山袴的女性站了起來，擦拭額頭上的汗水。她戴著毛線帽，沾了土的手套緊緊握著鐮子。

「真是的，你有什麼資格叫我老太婆啊？自己還不是一把年紀了。」

一面嘀咕、一面伸展發疼的腰部走上前來的，正是堂島政子。政子懶洋洋地在竹清老先生的身邊坐了下來，瞥了半澤一眼，說道：「啊，天氣真好。」

「上次打擾了。」

半澤行了一禮。

「你還真有毅力啊！」

政子說道，雙眼牢牢地捕捉了半澤身後的仙波友之。

不知道她是什麼時候察覺的。

「請用。」

政子接過半澤從布包裡拿出的寶特瓶，向隔了一段距離的友之打招呼：「好久不見了，友之。」

友之帶著僵硬的表情望著政子，回答：「好久不見。」

「你們認識啊？」竹清老先生詢問。

「是親戚。」政子回答：「他是我過世的老公的外甥。」

「半澤先生帶他來——應該不是巧合吧！」

「我也經歷了不少風浪。雖然老公已經死了三年，世界還是照常運轉。外甥隔了這麼久來找我，就某種意義而言，也算得上是堂島活過的證明了——對吧？」

最後一句話是對著友之說的。

半澤瞇起眼睛，因為政子說這番話的語氣和前幾天登門拜訪時並不相同。

「是啊！」

友之嘆了口氣，回答：「這次為了我個人的問題來拜託您幫忙，真的很抱歉。」

政子凝視低下頭來的友之片刻。

「哎，在這種地方不方便說話。難得來了，去給我家那口子上柱香吧！」

說著，她站了起來，邀請友之回自己家。

第三章　藝術家的生涯與留下的謎團

1

「我知道你恨堂島。不過，堂島其實是真心想還你錢的。」

和上次來訪時一樣，半澤身在堂島政子家的客廳裡。堂島芳治敗光了家業堂島商店，結束了一生，但是政子並沒有被丈夫拖下水，而是獨自安享晚年。

友之或許認為這是堂島芳治的安排，不過半澤反倒覺得是政子自己的本事。

「唉！堂島不懂得怎麼做生意，給你添了麻煩。他到臨死前都還在懊悔這件事。」

政子談起堂島芳治時的語氣充滿了感慨。

「懊悔？舅舅嗎？」

友之反問，搖了搖頭，一副不敢置信的模樣。「騙人的吧！」

「我沒騙你。」

政子說道：「你媽或許跟你說過很多堂島的事，不過天底下大概找不到比堂島更容易被誤會的男人了。他被迫中斷留學回國，確實充滿怨恨，但那已經是過去的事了。後來堂島也碰上了幾個轉捩點。」

「轉捩點？」

友之喃喃自語。

「當年雙方的情況都很複雜，難免產生誤會。現在說這些，或許於事無補，不過這也是種緣分，就讓我代替死去的堂島，澄清他在你心目中的形象吧！好嗎？」

政子詢問，友之默默地點了頭。

政子娓娓道來的，是關於堂島家與仙波家的另一段故事。

「頭一個誤會，是在我公公堂島富雄把芳治從巴黎叫回來的時候產生的。當時富雄跟芳治說要用到錢的地方很多，無法繼續金援；事後芳治得知原委，以為是因為仙波家的家業快垮了，才斷送了他當畫家的路，也難怪他心生怨懟。不過，那其實只是富雄將芳治從巴黎叫回來的藉口。」

「藉口？」

友之反問，因為他聽到的說法也是芳治留學巴黎的金援被斷，是為了支援仙波家。

「當時堂島商店的業績不振是事實，不過還出得起芳治的留學費。真正的理由不在這裡。其實我公公是個懂畫的人，而且是個收集了許多美術品的愛好家。他有過人的鑑定眼力，從前還曾經識破銀座知名畫廊裡的贋品。富雄看了在巴黎修行近十年的芳治的畫作以後，知道他才能平庸，以後不會有成就，繼續走這條路，對他沒有好處，所以才找個理由切斷金源，叫他回日本。不過，富雄始終沒跟芳治說實話。要是跟自以為才能出眾的芳治說『你沒有才能』，父子倆只會吵起來而已。然而，日子久了，芳治好像也漸漸察覺富雄的想法了。畢竟跟我說這件事的不是別人，正是芳治本人。」

「那是什麼時候的事？」

友之半信半疑地問道。

「從巴黎回來過了十幾年，你去上大學的時候。那時候我公公富雄已經過世了，剛才那番話，應該是當時還在世的婆婆告訴芳治的。芳治那時候清清楚楚地跟我說：『爸爸認為我沒有才能，才把我叫回日本。』當時他很懊惱，藉酒消愁，連我看了都跟著難過起來。」

政子露出了落寞的笑容。「富雄過世，芳治成為堂島商店社長是在更前幾年的時候，當時芳治做的頭一件事，就是把富雄買來的畫全部賣掉，大概是因為對當畫家還有眷戀吧！我跟他說，不用急著賣，先留著也沒關係，可是他說不想把畫留在身邊，擺明了就是放不下。不過，過了幾年以後，芳治遇上了轉捩點。就是那幅阿萊基諾的畫。」

說著，政子凝視著某個方向。她的視線前端是放在相框裡的某張照片。

政子起身，將相框拿來放在桌上。

見狀，中西微微地「啊！」了一聲。

「這幅畫是——」

因為照片裡的正是現在掛在仙波工藝社的那幅阿萊基諾畫。

而且照片中人並非仙波友之，而是堂島芳治；似乎是在六十出頭的時候拍的，佇立於坐在扶手椅上的政子背後。照片很舊，已經褪了色。

「原來這幅畫不是友之社長買的啊！」

聽了半澤的問題，面露驚訝之色的是政子。

「這幅石版畫你還留著？」

「嗯，是啊！」友之帶著有些不快的表情回答：「我買下大樓的時候，舅舅說他已經不想要了，所以就擱著了。看著這幅畫，會覺得自己活像傻瓜。我就是中意這一點。」

聽了友之這番話，政子放聲大笑。

「謝謝你，友之。芳治一定很開心。」

「別說這個了。為什麼這幅阿萊基諾是轉捩點？」

友之催促下文，政子繼續娓娓道來：

「芳治剛當上堂島商店社長的時候，有個熟人拜託他照顧東京藝大畢業的兒子。那個青年畢業以後想要出國學畫，可是家裡沒錢，要靠自己賺。不動產給人的印象很受傳單影響，要蓋新房子，也少不了設計師的觀點；我老公覺得正好，就成立了設計室，雇用那個青年兩年的時間。後來，立志當畫家的他賺足了在巴黎短期生活的錢，就飛到法國學畫去了。聽說當時比較流行去柏林或紐約留學，可是他不想趕流行，所以去了巴黎。那時候芳治還說他『該打消留學的念頭』。過了幾年以後，芳治偶然看見了他的畫，是在老松町的某家畫廊看到的。那幅畫就掛在最顯眼的入口處，原來那個青年已經成了當紅畫家。換作從前的芳治，應該早就知道了，但是他那時候不但完全不關心繪畫，甚至過著逃避繪畫的生活，所以不知道那個青年已經闖出了一番名堂。當時，芳治去買東西，順便散步，突然停下腳步，發現了那幅畫。那幅畫正好掛在從外面也看得到的地方。說來稀奇，一直避著畫的芳治居然說要『進去看看』，大概是冥冥之中的安排吧！芳治一進畫廊，就走到那幅畫前面，動也不動；不對，或許該說是無法動彈比較正確。芳治受到了很大的震撼，我到現在還忘不了他當時的表情。他皺著眉頭，杵在原地，凝視那幅畫好長一段時間。之後，他跟我說：『爸爸是對的，我沒有這麼耀眼的才能。』」

政子繼續說道：「那幅畫畫的是阿萊基諾與皮耶洛。畫框下方有作者名牌，我看了以後大吃一驚，竟然是熟人的名字——仁科讓。一問之下，才知道那幅畫的價格高到讓人嚇得眼珠子都快掉出來了。仁科以現代藝術旗手之姿嶄露頭角，作品成了全球收藏家垂涎的對象。才能實在是種很殘酷的玩意兒。我老公努力了十年也得不到的評價，仁科居然在短短期間內就到手了。我老公雖然想要那幅畫，但是當時的堂島商店已經沒有足夠的財力了。所以他改買這幅阿萊基諾石版畫，擺在社長室裡。這幅畫對於堂島而言，就等於是青春的墓碑。」

友之凝視著政子，連眼睛都忘了眨。

只有擁有才能的人能夠留下來，沒有才能的都會被淘汰。無論傾注再多熱情，還是有渡不了的河。親眼目睹界限的堂島受到的震撼有多大，大概沒人能夠想像吧！

「這麼說來，仁科讓在那棟大樓工作過嗎？」

仁科讓曾經在仙波工藝社的大樓裡工作，這件事半澤是初次耳聞。中西也瞪大了眼睛。

「等我一下。」

政子起身離席，抱著一本舊相簿回來。她翻開的頁面貼著芳治和五十個員工一起拍攝的紀念照。政子說那是員工旅行去南紀拍下的照片，所以大家都穿著浴衣。

「喏，這就是年輕時的仁科讓。」

政子指著照片中的仁科。那是個二十出頭的青澀年輕人。

「仁科讓是個神祕的畫家。」

友之說道：「從來不公開私生活。尤其是藝大畢業後到巴黎出道前的事，就連他本人也很少提起。這張照片很寶貴。」

友之轉向政子。

「我可以去祭拜一下舅舅嗎？」

說著，友之在鄰室的小佛壇前合掌祭拜了好一段時間。

2

「回到正題吧！你是為了擔保而來的吧？」

待友之從佛壇前歸來，政子開門見山地說道：「之前我也跟半澤先生說過，老實說，我沒什麼意願。別的先不說，你們的經營狀況怎麼樣？」

接下來才是正題。政子不改平日的作風，打開天窗說亮話。

「我準備了三個年度的財務報表。如果沒問題的話……」

半澤說道，徵求友之的同意之後，拿給政子觀看。這種東西我看不懂——本來以為政子會這麼說，誰知她駕輕就熟地翻開財務報表，瀏覽數字時的表情十分認真。

不久後，政子將看完的文件扔到桌上。

「不行。」

並說了這句話。

「不行的理由是？」

如此詢問的不是半澤，而是友之。

「思考這個問題是你的工作吧！友之。我們芳治確實是火候不足，可你也是第三代了，再這樣下去，你的公司必倒無疑。」

「舅媽是要我整頓赤字的編輯部？」

「怎麼，原來你知道嘛！」

說著，政子靠在椅背上，面露思索之色。

「就算知道，做起來也不容易。每個編輯部都有它的歷史和社會意義。」

「只要你還這麼想，就沒希望了。」

簡直是一刀兩斷。「具有社會意義的雜誌怎麼會赤字？友之，你仔細想想這個問題。如果是大家都需要的雜誌，照理說該是黑字才對啊！」

友之咬著嘴脣，沒有回答。

「堂島太太，您說的我懂，今後仙波社長也會採取您的建議，重振公司的事業；不過在那之前，公司需要資金，能否請您將這棟大樓拿出來擔保——」

「我拒絕。拿來給這種業績的公司擔保，等於是丟進水溝裡。」

政子斷然說道，靜觀事態發展的中西大失所望地垂下肩膀。

友之凝視著指尖一帶，動也不動。

就在賭上一絲希望的直接談判即將以失敗告終之際——

「不然把三億圓還給我。」

友之的聲音帶有怒意。

「是不是計畫性倒閉我不知道，一毛錢也不還，跟詐欺沒兩樣。雖然我是因為我媽交代，無可奈何才借出去的，可是也不能就這樣不聞不問吧！舅媽嘴上說沒關係，但你們畢竟是夫妻啊！」
火藥味開始瀰漫，然而政子的臉色絲毫未變，泰然自若。她的態度活脫是個女中豪傑。
「友之，你的心情我懂。」政子若無其事地說道：「不過，你也是個經營者，要怎麼跟不是連帶保證人的人拿錢？我年輕的時候學的是音樂，但是和芳治結婚回國以後，就在公公的交代之下開始學習經營了。我的經營師父是公公，我是一路看著堂島商店的經營走過來的。老實說，我完全不信任芳治的經營。他不是壞人，卻是個三流經營者。我知道仙波家和堂島家之間的恩怨，可是我沒有義務替你們擦屁股。這一點我一定要講清楚才行。」
原本飄盪著些微和解氣氛的兩家之間再次出現了齟齬。擔保交涉的場合眼看著就要化為翻舊帳的戰場。
「妳剛才不是說芳治舅舅一直對我很過意不去嗎？」友之懊惱地皺起眉頭。「口說無憑，人都死了，話是隨妳說的。」
「欸，友之，有義務還你錢的不是我，是芳治。」
政子用嚴肅的語氣斷然說道：「可是芳治已經死了，無法親自還你錢了。」
「是不是真的有還錢的意思還很難說呢！」

友之恨恨地質疑。

「不，他是真的想還。他到臨死前還掛念著你，這是事實。再說——」

此時，政子的臉上浮現了遲疑之色。

「說不定他本來真的能還。」

友之心下一驚，看著政子，沉默了一會兒，像是在斟酌她的話語。

「什麼意思？」

友之詢問：「說不定本來真的能還，意思是他有這麼一大筆錢？」

「他沒有錢。」

這句話聽起來似乎互相矛盾。「不過，他好像找到了一條財路。」

「財路……」

友之一臉錯愕。

「當時芳治說得要通知你才行，叫我聯絡你。你還記得我以前曾經聯絡你一次吧？」

「這麼一提……」友之似乎也有印象。

「可是你叫我別再煩你了……哎，這也是沒辦法的事。」

「您說的財路是——」

半澤詢問。

「不知道。」

政子短短地嘆了口氣，搖了搖頭。

「不知道是什麼意思？」友之問道。「當時妳沒問舅舅嗎？」

「我問了，可是一聽我說你不會來見他，他就氣呼呼的，說『明明寶山就在眼前，真是個傻子』。後來他就什麼都不說了。他這個人一向很頑固，你也知道吧？」

「我知道嗎？」

友之喃喃說道：「什麼寶山啊？該不會是作了夢吧！」

「當時我也是這麼想的。」

現場瀰漫著困惑的氣氛。政子再次開口說道：

「那陣子，芳治的病情已經很嚴重了，確實常會混淆現實和夢境。他是不是又作了什麼夢啊——我心裡也的確這麼懷疑過。不過，最近我想起這件事，懷疑是不是真的有財路。欸，友之，你知道芳治想到的是什麼財路嗎？如果真的能賺錢，對你也是好事一樁啊！」

友之默默地看著政子。

「我們公司現在正面臨生死關頭，哪有時間去找那種不知道是夢是幻的寶物？」

「不，一定有。」

政子堅持，「夠了。」友之吐了口顫抖的氣——

「謝謝妳的招待。」

並板著臉孔站了起來。

政子默默無語，無法挽留他。中西為了送行，也和友之一起走了出去。

精神上承受了莫大壓力的友之會動怒，也是可以理解的。明明是來拜託她提供擔保，她卻用這種不著邊際的故事搪塞我——他會這麼想是在所難免。不過，就半澤看來，政子是認真的。既然這位女中豪傑都這麼說了，莫非真的有什麼財路？

「堂島太太，您為什麼認為財路的事是真的？」

待四下無人之後，半澤重新問道。

「我整理遺物的時候，發現了一封信。」

「信？」

政子離席，從另一個房間抱了個紙箱回來。她從裡頭拿出一張報紙的廣告單，是大阪市內的不動產廣告，看起來沒有任何特別之處。

「你看背後。」

半澤依言翻過來看，只見背後寫了三行訊息。

「友之：

給你添麻煩了，抱歉。不過，我有件事要拜託你。你的公司裡或許藏著寶藏，我想跟你當面談談。最近，我的病時好時壞——」

信只寫到一半。

那是用原子筆寫下的，八成是躺在床上寫的吧！字跡非常紊亂，閱讀起來相當吃力。

「大概是因為友之不肯來，想寫信說服他過來。」

政子感慨地說道：「他的字本來很漂亮的，應該是在很不舒服的時候寫的吧！絞盡力氣抖著手寫信，結果還是沒寫完……我直到最近才看到這張廣告單折起來夾在週刊裡。話說回來，他們總是這樣。」

政子露出了自虐的笑容。

「互相憎恨，互相誤會，明明說開了就沒事了，可是不知道為什麼，總是失之交臂。半澤先生，不好意思，能麻煩你把這封信拿給友之看嗎？芳治大概也不希望我把他寫到一半的信交出去，可是有總比沒有好。看了這封信，或許友之會回心轉意。」

「好的。」

半澤思索了一會兒，又問道：「關於尋寶，您有什麼線索嗎？」

「這是芳治臥病在床的時候想到的，要說線索，頂多就是當時病房裡的週刊或報紙之類的吧！」

「可以先交給我保管嗎？讓我想想看。」

半澤提議。

「你要幫忙調查？」

政子意外地看著半澤。

「只要有可能打破仙波工藝社目前的困境，什麼事我都願意做。」

「好吧！那就交給你保管了。拜託你了。」

政子低下了頭。

「還有擔保的事，應該還有請您提供的餘地吧？」

半澤再次詢問，政子緩緩地搖了搖頭。

「現在的仙波工藝社沒有未來。」

她斷然說道。「那樣是行不通的。我知道那些雜誌有歷史，也有社會意義，可是這和經營是兩碼子事。有過去的積蓄，或許一時間不會倒閉；不過，只會坐吃山空的公司，沒有拿出擔保來幫它存活下去的價值。我是這麼想的。」

政子似乎得到了堂島富雄的真傳，經營理論腳踏實地，無可撼動。

「您的想法我很明白。」半澤說道：「不過，反過來說，如果公司有存活價值，您就會考慮吧？」

「你很會挑語病啊！」

政子語帶諷刺地說道。

「替我轉告友之。如果他想改變公司，就要先從自己開始改變。」

政子的口吻雖然嚴厲，內容卻是一語中的。

「我會轉告友之社長的。」

這一天，和中西一起帶回來的堂島芳治遺物共有三箱。狀況正朝著意料之外的方向發展。

3

「堂島舅媽答應了嗎？」

春瑠露臉的時候，友之正深坐在社長室的扶手椅上，獨自沉思。

蹺著二郎腿、一手拄著臉頰的友之將空洞無神的雙眼轉過來，但是並未回話。

「沒答應啊？」

春瑠在友之面前的沙發上坐了下來。「哎，事情畢竟沒這麼簡單啊！」這句話不像是對著友之說的，倒像是在說給自己聽。

「堂島舅媽是怎麼說的？」

「她說不能替赤字的公司擔保。」

春瑠對友之投以意外的視線。

「真的是個貪心的老太婆，一想到就滿肚子火。她還說：『具有社會意義的雜誌怎麼會赤字？』」

友之空虛地說道。

「你生氣，是因為她說得沒錯吧？」

友之沒有回答。片刻過後——

「我自己也明白。」友之嘆道：「或許我只是在逃避改變公司而已。赤字的雜誌哪有什麼社會意義可言？雖然不甘心，但是她說得沒錯。」

春瑠瞪大了眼睛。

「堂島舅媽很懂經營嘛！薑果然是老的辣。」

「哪有什麼辣不辣的，不過是貪得無厭而已。」
友之皺起眉頭。然而——
「欸，春瑠。」
他突然露出毅然決然之色，看著妹妹。「現在這樣畢竟不行，還是大刀闊斧，推動經營改革吧！」
友之認真的口吻讓春瑠微微地倒抽了一口氣。
「我太依賴別人了。」
友之繼續說道：「在向別人借錢之前，在拜託別人提供擔保之前，我就該好好重新審視自己的公司了。可是我卻拿歷史和社會意義當藉口，一直逃避。不過，現在這招已經不管用了。就算會有陣痛期，還是該立刻去做。我要改變仙波工藝社。」
友之斷然說道，春瑠吞了口口水。
「你要裁員嗎？」她問道。
「我要把《現代藝術手帖》廢刊。」
這是仙波工藝社三大雜誌之一，編輯部人員共有七人，就某種意義而言，專業性甚至更勝於招牌雜誌《美好年代》。
春瑠睜大了眼睛。

「編輯部人員要怎麼辦？把他們全都開除嗎？」

「徵求優退。部分人員移到《美好年代》，打造精銳部隊。剩下的能不能由企畫部接手？」

「這麼突然……除了廢刊以外，沒有其他辦法了嗎？」

「沒有。如果要在維持現狀的前提之下生存，只有一個辦法。」

春瑠猛省過來，因為她見了始終用側臉對著自己的友之，明白了他的心思。

「社長，千萬不能賣掉公司啊！」

春瑠連忙說道。就在這時候，有個員工敲了敲門，探出頭來。

「社長，東京中央銀行的半澤先生來訪。」

「請他過來。」

友之說道，倚著扶手椅的椅背，皺起眉頭，閉上了眼睛。

4

「後來怎麼了？」

渡真利津津有味地喝了口續杯啤酒，拭去嘴角沾上的泡沫。

「我把堂島芳治寫到一半的信交給友之社長，並告知堂島太太還是有可能提供擔保；不過，在那之前，友之社長已經知道該怎麼做了。」

「裁員啊？」

「他好像也考慮過收購。實話實說，是友之社長的作風。不過，無論誰當老闆，公司的課題都不會改變。」

半澤用若有所思的眼神望著吧檯彼端的光景。這裡是他們時常光顧的店「福笑」。吧檯內側的年邁老闆一如平時，刀工十分俐落。

「的確。」渡真利說道。

「沒有不帶陣痛期的改革。下決定的人是社長。」

半澤凝視著牆壁的某一點。

「這就是經營的難處。」

渡真利說道，又興味盎然地詢問：「那尋寶怎麼了？」

「還是沒有半點眉目。」

半澤回答，依然面向前方。

「堂島政子交給你的紙箱裡裝了什麼？」

「三年前的雜誌、報紙和信件，還有三本相簿。」

「相簿？」

「是舊相簿，或許是臥病在床的芳治在緬懷過去健康的時期吧！這種心情倒也不是不能理解。」

「你有找到任何線索嗎？」

半澤靜靜地搖了搖頭。

「說不定是假消息。」

「不——」半澤搖了搖頭。「從芳治的信件看來，確實有蹊蹺。如果找到寶物，或許就有新的商機。」

「前提是那真的是寶物。」

渡真利始終半信半疑。

「不過，要是沒找到寶物，經營改革也沒成功，仙波工藝社同意收購案，這次就是你輸了。」

「這不是輸贏的問題。如果真的變成這樣，那也無可奈何，我會開開心心地協助M&A。畢竟這也是種經營判斷。」

「聽起來活像是死鴨子嘴硬。」

渡真利笑道：「要是收購案真的成立，這次就是輸給了大阪營總的和泉和伴野主導的權力遊戲。他們和分行長淺野在背地裡應該也有勾結吧！」
「融資部呢？」
半澤詢問。「都是因為融資部提出擔保當條件，我才會這麼辛苦。豬口表面上拿金融廳當擋箭牌，實際上呢？」
「豬口姑且不論，你也知道北原先生是個嚴謹的人，不會蓄意針對仙波工藝社；只是就結果而言，助了那幫推動仙波工藝社M＆A的人一臂之力而已。」
「聽說是十五億。」
聽了半澤這句話，渡真利默默地投以詢問的視線。
「仙波工藝社的暖簾費。」
他驚訝地瞪大雙眼。
「好闊氣啊！看來田沼社長真的很中意這家公司。」
「這一點就是最大的謎團。」
半澤揀選言詞。
「老實說，我很懷疑這家公司有這等價值嗎？不，我不是在說仙波工藝社的壞話。不過，每家公司都有適當的價碼吧？現在的仙波工藝社不值這個價。」
「原來如此。」

說著，渡真利也陷入了思索，但是似乎想不出答案來。「是打腫臉充胖子？還是另有企圖？——看來有得猜了。」

「田沼社長在想什麼，沒人知道。這件收購案最可疑的就是這一點。這種情況大多另有內幕。」

然而，半澤完全想像不出是什麼內幕。

到了隔天，大阪營總的伴野聯絡半澤，表示「有個新消息要通知仙波工藝社」。

那天友之正好有事去銀行，因此面談是在大阪西分行的會客室進行的。

「上次多謝您了。今天勞煩您專程跑一趟，真的太惶恐了。」

大阪營總的伴野鄭重地道謝。

「社長，感謝您特地撥出時間來。」

正好在場的江島也來了，開始鞠躬哈腰。「融資案意外卡關，讓您操心了。不過，收購案的條件卻是越來越好，請您務必考慮看看。」

「這樣你們才能拿到獎勵積分嘛！」

面對友之的諷刺，江島的討好笑容萎靡了。「那就交給你說明了。」他和伴野交棒之後，便立刻閉上了嘴巴。

友之的心情如此之差，是因為研議數日的經營改革案難產了。

想要在不解雇員工的前提之下推動經營改革，但是狀況不容許他這麼做。不想炒員工魷魚，可是不炒魷魚，改革就不會成功。現在的友之陷入了兩難的局面。

「我把上次仙波社長出的回家作業轉達給田沼社長，而田沼社長也給了答覆，我今天就是要通知您這件事。」

「回家作業？」

友之反問。

「就是關於經營方針的事。」

聞言，友之含糊地回答：「哦！」似乎並不抱期待。

「這是田沼社長要我傳的話。」

說著，伴野從公事包裡拿出了傑寇信封，並從中取出信紙。「我唸給您聽。」

——仙波友之先生，感謝您上次在百忙之中撥空傾聽我方的提案。後來，我透過居中牽線的東京中央銀行伴野先生得知，仙波先生擔心這個提案會與「公正論述」的經營方針有所牴觸。考量到我方的營業型態，這番質疑實為合理至極；為了說明這一點，我才寫下了這封信。

我向來敬重仙波工藝社的歷史與權威，對於貴公司獨立評論的立場也深感共鳴。貴公司在我國美術界能夠占有特殊地位，正是基於這種獨一無二的經營方針與編輯企畫。

我方決定在先前提出的各項條件之上，再加上新的承諾。

今後，我們同樣會以完整的形式保障論述的公正與編輯的自由。

請貴公司今後也繼續保持絕對的公平性，從事自由闊達、充滿創意的活動。

身為一個集團，我方衷心期待開拓日本未來的那一天到來。敬請安心考慮我方的提案。

信件最後是田沼時矢的親筆簽名。

「請收下。」

友之接過遞出的信件，臉上浮現了困惑之色。

「這下子問題就解決了，社長。」

江島喜孜孜地說道，但是友之同樣毫無反應。

在這個為了經營改革而傷透腦筋的當頭，傑寇提出的盡是優渥至極的條件。

「田沼社長沒有干涉美術評論與編輯方針的意思，他只是純粹地想要支持美術界，並全力支援貴出版社這塊美術界之寶——這個提案正是出於這樣的心思。請您積極考慮看看，社長。」

在半澤與中西的守候之下，友之嘆了口小小的氣。現在的友之是面臨資金危機的孤獨經營者。

「好吧！」

聽了友之說出的話語，中西猛然抬起頭來。

因為這個答案出乎他的意料之外。

「我會積極考慮的。」

「謝謝。」

伴野喜形於色。

「條件這麼好的M&A少之又少，我就知道您會這麼說。對吧？江島副分行長。」

話鋒轉到了江島身上，江島也頻頻點頭，臉頰因為興奮而染成了紅色。

友之仰望著天花板，閉上了眼睛。那是張充滿苦惱的側臉。

他並不想接受收購。不過，目前面臨的難關讓這個男人不得不考慮。

「課長，這是怎麼回事？友之社長已經放棄自行籌措資金了嗎？」

友之回去以後，中西面色凝重地來到半澤身邊。在這個直腸子的男人看來，考慮仙波工藝社收購案，就等於友之社長已經改變了心意。

「他只是說要考慮，並不是已經決定接受收購。」

半澤說道，但中西依然無法接受。

「我覺得只要進行經營改革，獲得堂島太太的肯定，應該還是有提供擔保的希望。」

「不過，問題就卡在經營改革案。」

半澤回答：「萬一堂島太太說不能提供擔保，該怎麼辦？要全體員工都流落街頭嗎？經營公司不能光講大道理，有時候也需要兼容清濁的狡猾。對於現在的友之社長而言，所有可能性都是選項。」

「那兩億圓的簽呈——」

「當然會繼續辦理。只要友之社長繼續奮戰，我們就要全力支援，包含這個在內。」

半澤用眼睛示意堆放在桌邊的紙箱。那是堂島政子交給他保管的遺物。

「現在正是考驗友之社長手腕的時候。」

聆聽他們談話的南田說道：「經營中小企業，就是不斷地迷惘該怎麼做才能夠生存。而陪在身邊支持，就是我們的工作。」

南田說得一點也沒錯。

5

仙波工藝社收購案有了進展，當天一整個下午，分行長淺野都是樂得飄飄然。

「繼續保持下去，我們一定能夠獲得獎勵積分，分行長。我已經列入業績預測裡了。」

副分行長江島也跟著一搭一唱，分行裡瀰漫著前所未有的和樂氣氛。

這樣的氣氛開始產生些微的混濁，是在分行正忙著準備打烊的傍晚。

過了下午五點半，結算完一天的帳目之後，就是消化白天剩餘工作的加班時間了。

半澤正在瀏覽部屬呈上的文件時，突然聽見江島說：「分行長，今天有祭典委員會，麻煩您了。」便豎起了耳朵。

「哦，是今天啊！」

背後的淺野興趣缺缺地回答：「江島，你代我出席吧！」

「不不不，今天北堀製鐵所的社長邀我吃飯。」

「怎麼，又來了？你的應酬未免太多了吧！」

就在半澤暗想淺野難得說句人話的時候，果不其然，隨後又加上了這句話。

「那就拜託半澤課長好了。喂，半澤。」

半澤微微嘆了口氣，站了起來，走到淺野身邊。「你去參加祭典委員會。今天沒什麼事吧？也沒有會議。」他說得一派輕鬆。

「今天確實沒有任何行程。不過，如同上次報告書上所寫的一般，委員會該由分行長出席才對。」

「我有行程。」

淺野拉過公事包，立刻開始收拾物品，準備下班。

「可是，分行長，祭典委員會的日程是就早就知道的，委員們無法接受『另外有約』的說法。」

「不過就是個稻荷神社的祭典而已。」

淺野尖聲說道：「一群會長老頭子聚在一起消磨時間的聚會，根本用不著身為分行長的我出面。有你這個融資課長出席就夠了。」

不消說，最近的委員會全是由半澤獨自出席，每次都得為了淺野沒到場而不斷賠罪。

「可是，這次必須拜託各位委員關照業績。」

「是啊！分行長，還是由您親自出席比較好。」

江島難得幫腔，大概是出於危機感吧！

要拜託參加稻荷祭的客戶的，是追加定存或貸款等事項，每一項都是無關緊要；換句話說，是銀行單方面要求客戶贊助分行業績。更何況對象盡是些難纏又嚴厲的長老。

「怎麼連你都這麼說？」

淺野對江島露出了可怕的表情。「客戶幫助本行提升業績，是天經地義的事。平時都是我們在照顧他們的。」

「哎，說得也是。」

經淺野一瞪，江島便畏畏縮縮地把話吞回去了。

長年待在總部的淺野已有十八年未曾外派分行，至今依然留有二十年前銀行那種作威作福的印象，只能說他的觀念太落伍了。

「總之，我沒打算參加祭典委員會。半澤課長，交給你了。」

淺野凶巴巴地撂下這句話之後便立刻離去，完全不給回話的機會。

「傷腦筋。」

江島一臉為難。他已經在大阪西分行待了三年，深知祭典委員的性格。

被淺野評為老頭子經營者聚會的祭典委員會，其實是用來提升分行業績的聯誼會。

非但如此，同時也是讓大家開誠布公地討論如何促進地方產業繁榮、進而帶動銀行繁榮的寶貴交流園地。

「既然這樣，那也沒辦法了。你就出席吧！」

分行長不出席，照理說該由副分行長江島出席，但江島似乎不這麼想。江島也一樣，完全不考慮分行長無法出席的情況，便排定了和客戶之間的飯局。就沒把客戶當一回事這層意義而言，江島和淺野可說是半斤八兩。

「那就拜託你了。替我向大家致意。」

江島立刻開始收拾物品，不到五分鐘便從辦公區消失無蹤。

「不要緊嗎？」

見狀，南田一臉擔心地皺起眉頭。

「當然要緊。」

半澤無奈地穿上外套，說道：「但願不會演變成大問題——」

他有種不好的預感。

第四章　稻荷祭騷動記

1

在氏子總代表的公司裡召開祭典委員會，是長年以來的慣例。這一天，十名委員也依照慣例，在本居竹清擔任會長的立賣堀製作所會議室裡齊聚一堂。這些公司大老全都是東京中央銀行大阪西分行的大客戶，換句話說，是分行的經營根基。

半澤走進會議室時，其他委員正坐在橢圓形會議桌邊閒聊。閒聊聲戛然而止，隨即瀰漫現場的是僵硬生疏的氣氛。

「我來晚了。」

其實距離委員會開始時間還有幾分鐘，但半澤還是向在座的經營者們道了聲歉，並拉開末座的椅子。此時——

「那不是你的位子。」

某個委員厲聲說道。那是素以強硬聞名的九條鋼鐵會長，織田圭介。

織田就坐在正中央的本居竹清身旁，對半澤投以剛強的視線。

「那把椅子是給分行長坐的。淺野分行長怎麼了？」

「很抱歉，淺野今天有事，只好失陪。」

「有什麼事？」

「聽說是不能缺席的要事……」

半澤含糊其詞。就算他想回答也無從答起，淺野根本沒提過是什麼事。

「換句話說，這個祭典委員會是可以缺席的小事囉？」

竹清老先生露出了前所未見的嚴厲表情。「他以為我們在百忙之中集合，是為了什麼？」

「真的很抱歉——」

腦子裡除了道歉詞語以外，一片空白。半澤咬緊嘴脣。

「我們都不重要，是吧？原來分行長這麼偉大啊！」

其他委員說道。

「下次的委員會我一定會叫他出席，這次可否請各位包涵一下？拜託了。」

半澤深深地低下了頭。

「瞧不起我們是吧？」

織田大吼：「大家聚在一起，談論怎麼振興你們銀行，結果分行長居然不理不睬。太蠢了，我不幹了。」

「大家之前還在講，今天淺野先生來了，一定要說說他。」

竹清老先生冷冷地說道：「這樣子可不行。更何況他昨天還跑去找織田先生，詢問有沒有賣掉公司的意願。這件事你知道嗎？」

半澤驚訝地看著竹清老先生。「不──」

他的腦子裡到底在想什麼啊？這樣的輕喃聲此起彼落。

「聽說只要我賣掉公司，分行就有獎勵積分。」

織田恨恨地說道：「我們是賺業績的工具嗎？長年以來，我一直把你們當主力銀行，現在我不幹了。以後我要換成白水銀行。」

「織田會長，請等一下。」

半澤連忙勸阻。「我會好好跟淺野說的，請您務必打消換銀行的念頭。」

「問題不只在於分行長輕視這個委員會。」

竹清老先生的筆直視線射穿了半澤。

「真正的問題是淺野先生對於我們這些客戶根本不用心。對淺野先生來說，不，對東京中央銀行來說，客戶是什麼？幫自己賺錢的工具嗎？給這種想法的人當分行長，根本不會有正當的交易。我不認為公司出問題的時候，淺野先生會幫忙。豈止不幫忙，搞不好頭一個溜之大吉。不能讓這樣的銀行當主力銀行。」

半澤無法反駁，只能一再地賠罪。

「還有這次的東京中央稻荷祭，半澤先生。」

竹清老先生最後說道：「只辦祭祀，派對不辦了。還有，打著祭祀名義的所有營業支援也一概拒絕。」

「請等一下，各位。」

半澤一臉沉痛地說道。

「我明白各位的感受，不過，淺野也不是個說不聽的人。請各位給他一個機會，讓他重新向大家賠罪。」

「跟你說也沒用。」織田啐道：「總之，明天早上，你把我們剛才說的話告訴淺野分行長，叫他把脖子洗乾淨等我們。」

而祭典委員會的委員們說到做到，在隔天上午十點造訪了分行。

2

當天早上——

半澤提早出門，還不到八點便來到了銀行。

昨晚他就向淺野報告了祭典委員會上發生的事，「那只是在威脅而已。」可是淺野完全不當一回事。他本來也打算聯絡副分行長江島，可是江島不知道跑去哪裡喝酒了，完全聯絡不上。

江島昨晚應酬時似乎吃了不少甜頭，開開心心地在八點多進了銀行；然而——

「不會吧——」

一聽到半澤的報告，他的嘴脣立刻開始顫抖，臉上的血色也唰一聲褪去了。

「這、這件事你跟分行長報告過了嗎？」

「報告了，可是他不當一回事……」

江島瞥向時鐘的同時，淺野終於在辦公區現身了。

「分、分行長，不好了。」

江島跌跌撞撞地跑上前去，淺野卻是一派泰然。

「真是的，為了要我出席會議，什麼花招都使出來了。無聊透頂。」

淺野認為祭典委員會上發生的事只是種「表態」而已。

「可是，大家都很生氣，還說要更換主力銀行。」

淺野對如此主張的江島投以憐憫的視線。

「他們不敢啦！」

他嗤之以鼻，彷彿在說這件事有多麼可笑。「你太大驚小怪了。這只是關西人特有的虛張聲勢。」

淺野又用怪腔怪調的大阪腔補上這句話。這個世界上大概沒有比淺野更不適合說笑的男人了。

「分行長，他們可不是那種光說不練的人——」

「他們要是敢換掉我們，就放馬過來啊！」

江島還想說下去，卻被淺野自信滿滿地打斷了。「聽好了，副分行長，還有融資課的各位同仁也仔細聽清楚。任何公司的業績都不會永遠長紅，一旦變差，只能依賴銀行。跟銀行為敵，沒有任何好處。連這一點都不懂的人，在我看來，根本沒資格當經營者。哎，如果他們堅持，我倒是可以道聲歉。」

說完，淺野便立刻坐到自己的座位上看早報，一副無論客戶再怎麼吵鬧、再怎麼生氣都不干我事的態度。

然而，沒過多久，事實便證明他的看法是大錯特錯。

「淺野分行長在嗎？」

一如昨天的預告，以本居竹清為首的浪速教父們全都拿著償還融資用的支票找上門來了。

「你應該聽說了吧！分行長。」

竹清老先生首先發難，從上衣內袋裡拿出三十億圓的支票，把淺野嚇得目瞪口呆。

「呃，這到底是……？」

「你看不出來嗎？這是支票，用來償還你們銀行的融資。錢已經存進戶頭了，就用這個還吧！你們銀行的融資有一半已經轉到了白水銀行，以後日期一到就會逐步還款，跟你說一聲。」

「請、請等一下。」

到了這個關頭，淺野總算明白事態的嚴重性了。「只不過是稻荷祭嘛！派對會場我都訂好了。」

「派對已經取消了。」

織田一口駁回：「你想開的話，以後自己去找其他客戶開吧！我們不陪你玩了。」

銀行收回客戶的融資，終止交易關係，稱為「篩選」。相反地，客戶主動與銀行終止交易關係，則叫做反篩選，簡稱「反篩」。挨了反篩，對於銀行而言可說是奇恥大辱。而聲勢如此浩大的反篩，就算在過去也是難得一見。

當場拿出的還款支票金額高達近百億，大阪西分行的總融資額頓時少了大半。大事不妙。

「才過一天，怎麼可能馬上使出這種招數來？」

竹清老先生離開之後，勉強還保有理智的江島說道：「應該是早就準備好了吧！」

淺野用不斷顫抖的手緊緊握住支票，雙眼茫然地望著已然不見長老們身影的樓梯。

「半澤……」

此時，淺野發出了低沉的聲音。

「你一直都有出席委員會，事情變成這樣，為什麼沒跟我報告？」

面對淺野這般意想不到的推諉責任，辦公區裡的眾人都啞然無語。「還是說你明明知道，卻故意隱瞞？」

「不，祭典委員會的事我都有逐一報告，我也沒想到事情會變成這樣。」

聽了半澤的回答，淺野轉過了滿布血絲的雙眼，語帶怒意地說道：

「在事情演變成這種地步之前，你居然渾然不覺？半澤融資課長，這件事都是你的責任，給我好好反省。」

面對淺野的蠻不講理，半澤連反駁之詞都說不出來；淺野把支票摔向他的胸口。

「去找業務統括部商量，副分行長。」

愣在原地的江島聽了這句話之後才回過神來。

「看看你幹了什麼好事。」

江島指著半澤的鼻頭，隨即追著淺野快步走進分行長室。

3

「現在整個總部都在談論『世紀大反飾』。振作點啊！半澤。」

半澤又來到了老地方，位於東梅田的「福笑」。坐在身旁的是到大阪出差的渡真利。渡真利每逢出差都會光顧這家店，現在也成了常客之一。

「你有出席那個祭典委員會，完全沒看出徵兆嗎？」

「老實說，我沒想到事情會鬧得這麼大。」

半澤搖了搖頭。「後來我才知道，客戶對淺野早就累積了許多不滿。」

這幾天，半澤的工作就是到處向客戶賠罪。

雖然再三懇求客戶恢復交易關係，可是至今仍然無人答應，反倒是時常耳聞客戶對於淺野有多麼不信任。對於融資申請冷淡以對、催促客戶賣掉公司，諸如此類，觸怒客戶的言行不勝枚舉。

「不過，在總部卻不是這麼一回事。」

渡真利透露了不容忽視的情報。

「故事變成了出席祭典委員會的融資課長沒能安撫好客戶，造成客戶大舉出走。」

「什麼意思？」

「淺野已經跟各個相關部門疏通過了。」渡真利壓低聲音說道：「照他的說法，罪魁禍首是融資課長，也就是你。再過不久，業務統括部就會找你過去了。你知道這代表什麼意思吧？」
「寶田啊？」
「沒錯。淺野分行長和寶田八成已經在背地裡說好了。」
「真卑鄙。」
半澤的眼中靜靜地燃起怒意。
「你應該不會乖乖挨打吧！半澤。聽好了，無論發生了什麼事，你都要據理力爭。要是你因為對方是分行長就跟他客氣，最後就是你一個人背黑鍋，被炒魷魚。那幫人幹起這種事來可不會手軟。」
總部的爾虞我詐，半澤也瞭若指掌。
「哎，船到橋頭自然直。」
「現在是說這種悠哉話的時候嗎？」
渡真利是真的替半澤擔心。
「聽說寶田還在記恨你修理他的事，現在八成是摩拳擦掌，打算趁機報一箭之仇吧！」
「他被我駁倒，是因為他做的事原本就不合理。沒想到他做賊喊捉賊，到現在還是毫無反省之意。」

半澤微微地用鼻子哼了一聲，拿筷子夾起肝醬秋刀魚。
「那些人哪懂得反省？他們只懂得自保。為了自保，需要你這隻代罪羔羊。」
「真是群無藥可救的蠢蛋。」
半澤啐道，充滿怒氣的雙眼轉向了牆壁。

4

「你這次未免太不小心了，淺野。」
位於丸之內的東京中央銀行。淺野就在行政樓層的某個辦公室中。
為了客戶出走一事，淺野今天早上來到東京，拜訪各個相關部門，說明原委。
這已經是他為了這件事而做的第幾次疏通了？
淺野一來到業務統括部長寶田的辦公桌前，寶田便要他往沙發坐下，自己則是坐到了對側的扶手椅上。
「這次真的是晴天霹靂，老實說，我大吃一驚。」
淺野一面擦拭額頭上的汗水，一面解釋：「客戶的會議是由半澤出席的，不過他完全沒跟我報告……要是我早點知道，還能設法處理，可是現在已經回天乏術了……」

「後來怎麼了？」

寶田蹺起腳來，倚著椅背而坐，帶著困擾的表情聆聽淺野的話語。

「半澤正在拜訪各家公司，向客戶賠罪。不過，那些公司都很頑固，今後的動向並不明朗——」

「他們會繼續償還融資？那可就糟糕了。」

「後來我才知道，從前也發生過同樣的事。」

淺野所說的是大阪西分行埋藏的歷史。

「這次出走的公司大多是關西第一銀行從前的客戶。當時似乎發生了什麼不愉快，他們同時反彈，把主力銀行了換成本行。那些公司都是那一帶的老牌企業，經營者的關係都很親密，歸屬感也很強；該怎麼說呢？就像是民兵那樣。」

淺野的心態依然是高高在上。

「反過來說，事前就該知道他們有這種前科了。」

「位於第一線的半澤完全沒有提醒我。」

「原來如此，他的處理方式確實很有問題。」

寶田面露思索之色。

「再怎麼說，也不可能突然就被反篩。」淺野力陳：「一定有某種徵兆，可是半澤完全沒有注意到。能力這麼差的融資課長，根本不值得信任。」

「簡單地說，位於第一線的半澤若是做好自己的工作，就不會發生這次的事了。看來他得負很大的責任。」

「我不想說部下的壞話，但這是事實。」

淺野擺出苦惱的表情，再次向寶田致歉：「這次真的非常抱歉。」

「雖然分行長理應負起全責，不過我認為這次你是情有可原。」

「感謝您的寬容。」

「這回的事已經傳進行長耳裡了。」

「岸本行長的耳裡？」

淺野臉色大變，嘴唇開始發抖。岸本素來以賞罰分明而聞名，若是犯錯，絕不寬貸。視事情的發展而定，淺野的下一個官位或許不保了。

「行長指示我查明事實關係。我想，到時候可能會成立調查委員會。」

「調查委員會……」

待過人事部的淺野很清楚這代表什麼意義。

於發生弊案的時候成立，在媲美異端審判官的嚴詞審問砲火圍攻之下，「嫌疑人」全都斷送了升官發財之路，從幕前消失無蹤。

「調、調查委員會會找我去問話嗎？」

「畢竟你是分行長啊！不過，你始終只是受害者。」

寶田的口吻宛若在進行說明。

「每個案件一定有加害者與受害者。你是受害者，而加害者是——半澤。」

淺野惶恐稱是，寶田繼續說道：「你只要堂而皇之地說明真相就行了。調查委員會如果成了敵人是很可怕，不過一旦成了朋友，就高枕無憂了。聽好了，本行需要你這樣的優秀人才，這一點你要銘記在心。銀行員當久了，難免會遇上這種事。」

「謝謝您。」

淺野感動得熱淚盈眶，牢牢握住寶田伸出的右手。

「啊，對了、對了。」

寶田想起一事，在淺野鬥志高昂地離開辦公室時叫住了他。

「相對地，你可要好好推動仙波工藝社的M&A啊！行長也很期待。」

「我會盡心盡力，回應他的期待的。」

在門關上的前一瞬間，淺野看見的是寶田滿意的笑容。

5

「調查委員會？」

中西一臉困惑地覆述，用難以接受的眼神看著南田。「什麼時候召開？」

當天的工作大致都完成了，南田和年輕行員們在晚上七點過後一起離開了分行。

「要不要去喝一杯？」開口相邀的是南田。

對中西這些年輕行員來說，這陣子分行裡的氣氛很沉重，大家都想放鬆一下，因此沒有人對這個邀請提出異議。

於是乎，他們走進了分行附近的烤雞店。

「好像是下禮拜五。剛才業務統括部來聯絡，淺野分行長、江島副分行長，還有半澤課長都被找去了。」

「連課長也得去？」

一臉訝異地詢問的，是名叫友永的年輕融資課員。他是大了中西一歲的前輩，入行已經三年了。大學時期打過籃球，個子很高，就算坐著也比別人高出一顆頭。

「融資部的熟人跟我說，淺野分行長在總部裡到處宣傳這次的事情是半澤課長的責任。雖然調查委員會也有找淺野分行長去問話，但他們真正盯上的是半澤課長。」

「怎麼會？」

中西忍不住高聲說道：「課長又沒有錯，他只是接下分行長推給他的工作，出席祭典委員會而已啊！」

「課長忽視祭典委員會的不滿，沒跟分行長報告，才會導致這次的事件發生——這就是淺野分行長的論調。」

「根本是推卸責任嘛！」中西恨恨地說道：「明明是自己不想出席才推給課長的。這件事情半澤課長知道嗎？」

「課長對於總部的消息很靈通，應該已經知道了吧！」

南田雖然這麼說，其實詳情他並不清楚。當事人半澤說要再次向氏子總代表本居竹清賠罪，在傍晚的時候外出了，之後應該會直接回家。

「既然這樣，只要這麼主張就行了吧？」

另一個年輕行員本多說的是正理。本多入行已經五年了，去年剛從都內的分行轉調過來。

「別的不說，是淺野分行長自己完全不參加該由分行長出席的會議；逢人就提收購案，惹得人家不滿的也是分行長。課長該指證原因是出在這裡才對。」

「就算指證，能有多少澄清效果還是個問題。」南田相當悲觀。「無論理由為何，實際上出席祭典委員會的是課長，既然如此，課長就該事前察覺徵兆並向上報告——這是總部的看法。」

「課長已經報告了啊！」

中西抗議道：「是分行長置之不理的。要是調查委員會最後認定半澤課長有問題，會怎麼樣？」

「這個嘛……」

正要把烤雞送到嘴裡的南田停下動作，垂下了視線；當他再次抬起視線時，臉上浮現的是上班族的悲哀。

「要是這樣，近期內應該就會發布人事令吧！我想大概會被貶職。」

「貶職……」中西喃喃地重複道，視線垂向桌面。「怎麼可以這樣？怎麼可以……」

「淺野分行長真是個可怕的人。」

說著，南田嘆了口黯淡的氣。

「怎麼，你又來啦？你也真辛苦啊！」

門沒敲過就直接開了，現身的是本居竹清與智則兩人。

本居智則從前是在大型貿易公司的鋼鐵部門工作，後來和竹清老先生的長女結婚，入贅到本居家。他不負竹清老先生的期待，就任社長以後，立賣堀製鐵變得更為興隆，業績蒸蒸日上。

「要我來幾次都沒問題。這次真的很抱歉。」

半澤站了起來，深深地低下了頭。「哎，坐吧！」竹清老先生向半澤勸座。

「我聽社長說，你得去總部挨訓啊？」

是在說調查委員會的事嗎？沒想到竹清居然知道這件事。

「您是怎麼知道的？」

「中午過後，南田先生來道歉，提到了這件事。」

回答的是智則。「他說錯的不是半澤先生，希望我能幫忙講講話。」

「南田他……」

南田沒跟半澤說，想必是因為顧慮到他的感受。

「話說回來，銀行真是個可怕的地方啊！竟然變成是你的錯。」

「對不起，南田太多嘴了。」

「縮減和你們的生意往來，果然是正確選擇。原來東京中央銀行是個連誰對誰錯都分不清的銀行啊！」

被這麼一說，半澤無從反駁。

「別的不說，只會叫部下來賠罪，分行長自己呢？」

竹清老先生戳著了痛處。「八成是把我們擱下不管，只顧著去總部四處疏通吧！」

敷衍塞責對這個老人完全不管用。一手創立立賣堀製鐵並培植成大企業的竹清老先生具備識人之明。別有居心的人、無法共患難的人……長年觀察形形色色的人，才能培養出這般慧眼。

「那你在那個調查委員會上打算怎麼說？」

「我還沒決定。」半澤回答：「畢竟不知道會問什麼，到時候再見招拆招吧！」

竹清老先生凝視著半澤——

「要是結果被降職，該怎麼辦？」

並如此問道。

半澤隔了一會兒才回答：

「哎，到時候再看著辦吧！害怕人事異動，當不了上班族。如果我被調職，代表這個組織也不過如此而已。」

「原來如此。」

竹清老先生輕輕地打了個暗號，智則說了聲「請」，將一個信封滑了過來。

「這是——」

「拿去吧！雖然不知道幫不幫得上忙。」

半澤伸手拿起信封。

「銀行即是人。」

竹清老先生鄭重地對半澤說道：

「即使是掛同一個招牌的銀行，只要換了個分行長或承辦人，印象就會變得完全不一樣。對於我們這些借錢的人而言，能夠設身處地為我們著想的承辦人，是說什麼也要保護的對象。調查委員會的結果出爐以後，記得告訴我。」

竹清老先生表示另有行程，起身離席。短短十分鐘左右的面談就這麼結束了。

6

「我知道調查委員會的委員是哪些人了，半澤。」

隔週四下午，渡真利直接打電話到半澤的分機來。當時正值十月半。

「首先是人事部的小木曾，他是淺野到大阪西分行赴任之前的部下。還有大阪營總副部長和泉，以及我們部門的野本部長代理。接下來這話不方便大聲說，這位仁兄之前是在大阪營總工作，是業務統括部長寶田的小弟。」

「黑箱作業啊？」

半澤彈了下舌頭，渡真利又補上一刀：「而調查委員長就是寶田，節哀順變。」

「簡直是淺野守備布陣啊！」

「不，是半澤包圍網。現在在總部裡，這次的責任在於你這個融資課長的論調已經逐漸定型了。別的不說，東京的人根本搞不懂蓋在大廈頂樓上的神社舉辦的祭典有什麼重要性。」

「哎，我想也是。」

半澤無奈地說道，在桌上攤開了老舊的周刊雜誌。這是堂島政子寄放的芳治遺物，他至今仍未找到線索。

「你還這麼悠哉？不管你說什麼，到最後都會被這幫人說成壞人。你做好覺悟了吧？」

「誠實回答問題，這是唯一的辦法。」

「一點也不像是你會說的話。」

渡真利冷冷地說道：「大家都對你抱著期待，你可不能栽在這種地方啊！」

「那就雙手合十，替我祈禱吧！」

電話另一頭的渡真利似乎還想說什麼，但是半澤說了句「我有點忙」，放下了話筒。

背後的分行長席是空著的。淺野已經提前前往東京，為明天的調查委員會做準備。

「沒問題嗎？課長。如果需要準備什麼，我可以幫忙。」

背後的南田似乎聽見了半澤與渡真利的通話內容，如此說道。中西也一臉擔心地站了起來。

「不，我已經準備好了。你們不用擔心，照常工作就好。」

副分行長席上，同樣被調查委員會找去問話的江島一臉緊張地唸唸有詞，不過聽不出他在說什麼。他似乎自行擬了套模擬問答集，正在進行面試預演，今天無論跟他說什麼話，他都是心不在焉。

船到橋頭自然直。

不過，這不等於容許失敗。

人不犯我，我不犯人；不過，找上門的麻煩會徹底排除——這就是半澤直樹的一貫作風。

7

當天，半澤搭乘早上六點多的新幹線來到東京，並在調查委員會即將召開的上午十點前進了位於丸之內的東京中央銀行總部。

充當等候室的房間裡，淺野默默無語，眉頭青筋暴現，而江島則是拚命地默背手上的模擬問答集。

十點一到，業務統括部的調查役便露臉了。首先被叫到隔壁會場的是淺野，還不到三十分鐘，他便帶著與剛才截然不同的開朗神情回來了。

「分行長，辛苦了。情況如何？」

「正義是站在我這邊的。」

淺野脫下外套，放鬆姿勢，津津有味地喝著負責招呼他們的調查役送來的咖啡。

沒過多久，輪到江島了。他帶著活像緊張的流氓一般的罕見表情離開了等候室。

「沒想到事情會變成這樣。半澤，對你來說，實在很殘酷啊！」

待四下無人之後，淺野便說道：「不過，哎，這也是你自作自受，你就死心吧！」

世上有些人會把自己的謊言當成事實，淺野似乎也是這類人。

「這是我自作自受？」

半澤說道，淺野挑了挑眉，反問：「怎麼，你覺得不是？」

「我覺得不是。」

半澤笑著回答，淺野沉下臉來。

「問題應該就是出在你這種態度上吧！」

「分行長，有個問題我要再次請教一下。」

半澤把淺野的指責當成耳邊風，問道：「您為什麼不參加祭典委員會？」

「你還在說這個？」

淺野一副傻眼的模樣，說道：「我很忙，有重要的會議和飯局，對於分行長而言，全都是當務之急。」

「是嗎？」

半澤說道，又問：「您跟調查委員會說明過了嗎？」

「我已經全部照實說明了。有什麼問題嗎？」

「沒有。」半澤回答，尷尬的沉默降臨於兩人之間。

從半澤的位置可以看見丸之內的高樓大廈。在這片視野之中，存在著無數的上班族與人生，以及各式各樣的營生。看在旁人眼裡或許微不足道，不過對於上班族而言，和組織的糾葛奮戰，也是重要的工作。

即使以現代社會加以包裝，這個世界的本質至今依然是弱肉強食，與共生二字相去甚遠。

就算是平時循規蹈矩的上班族，該奮戰的時候若不奮戰，就會死無葬身之地。

對於半澤而言，「現在」就是該奮戰的時候。

在調查役的帶領之下歸來的江島似乎歷經了一番無情的洗禮，神色憔悴，臉色發青，垂頭喪氣。

這顯然是打假球。調查委員會的贏家只有淺野一個人，江島也和半澤一樣是輸家。

江島疲軟無力地坐在椅子上，從口袋裡拿出完全沒派上用場的模擬問答集，深深地嘆了口氣。

「半澤課長，麻煩您了。」

半澤在呼喚之下走進了調查委員會的房間裡。房裡只放了一張椅子，對面是兩張併在一起的長桌，各自坐著兩個調查委員。坐在中央右側的正是業務統括部長寶田。

對半澤的恨意迎面撲來。寶田齜牙咧嘴，鼻頭緊皺；過去曾在大庭廣眾之下被半澤駁倒、出盡洋相的他至今仍然為了這件事而懷恨在心。

「好久不見，半澤。」

寶田開口說道：「最近沒在總部看到你，原來是跑去大阪的偏僻分行當融資課長啊！你老是以為自己是對的，這下子應該明白那是多麼自以為是的妄想了吧？」

「您這句話有欠公允。大阪西分行絕不是什麼偏僻分行，而是大阪市內的四家大分行之一。」

「這家分行就因為你的過失而失去了寶貴的經營資源。這一點你承認吧？」

從半澤的方向看來的中央左側，與寶田並肩而坐的禿頭說道。他是大阪營總的和泉。這兩個人似乎是主要的提問者。

「我不清楚是什麼過失，可以請您說明嗎？」

半澤反問，和泉一臉不悅地瞪著他。

「這裡不是讓你發問的場合。」

一旁開口的是人事部的小木曾。半澤認識他，是個趨炎附勢的小人。

「我不明白問題的意思，所以才發問的。」

半澤反駁小木曾。

「那就由我來說明好了。」

寶田插嘴說道：「目前的證詞顯示，是你代理淺野分行長出席『祭典委員會』的。這一點沒錯吧？」

半澤點了點頭。負責記錄的融資部部長代理野本在手邊的紙上寫了些東西。寶田繼續發言。

「客戶單方面地要求分行長出席，分行長沒有照做，客戶就聯合起來，宣告終止交易關係。根據報告顯示，四次會議全都是由你代理出席，這段期間，你明知客戶不滿，卻沒有善盡對分行長報告的義務。這不叫過失叫什麼？」

「關於客戶的不滿，我每次都有報告。」

「淺野說他沒聽你說過。」

和泉插嘴說道：「你真的有好好轉達嗎？分行長很忙的，更何況淺野才就任沒多久。你該不會是在他正忙的時候隨便敷衍幾句而已吧？」

半澤從手中的文件夾裡拿出一份文件，放到寶田面前。「請看。」

寶田拿起文件，怒氣騰騰地向身旁的和泉使了個眼色。

「那是我提出的報告書，共計四份，每份都是在會議隔天上呈給江島副分行長和淺野分行長的。我只唸重要的部分就好。」

半澤說道，唸誦手中的備份。

「——昨天於『祭典委員會』上，所有與會委員對於淺野分行長缺席皆表達了不滿之意，在此報告。委員強烈要求今後分行長必須出席。客戶已對本行的應對方式產生質疑，建請分行長務必親自出席下次的會議，並透過個別訪問方式強化與客戶之間的溝通。」

半澤從文件中抬起頭來，再度與四名委員對峙。「這份報告書上還有淺野分行長的閱覽印。請問我的過失在哪裡？」

寶田橫眉豎目，但是無法反駁。

「淺野可沒提過有這樣的報告書。」

和泉用譴責的口吻說道，但這等於是在指責淺野隱瞞不利於己的事實。

「忽略報告書上的重大警告的人是淺野分行長。要是他連報告書的存在都不記得，那就太驚人了。」

「你覺得寫份報告書就夠了嗎？」

和泉居然搬出了歪理。「淺野分行長忘了報告書，就該再次報告，好好輔佐他。

這是你和副分行長的職責吧？」

「我不是已經寫了四份報告書警告他了嗎？」半澤說道：「這樣還不夠？」

「結果就是一切。」

寶田斷然說道。

「如果結果就是一切，根本用不著開這個調查委員會。」半澤反駁：「直接處分分行長以下的所有相關人員不就行了？」

「淺野分行長才剛就任而已。」

小木曾完全不當一回事。他在人事部時是淺野底下的小弟，現在拚命袒護淺野，只可惜事前調查實在太草率了。「我不知道那是什麼神社的祭典，居然只因為沒出席就被客戶譴責，對於從東京過去的人而言，鐵定是晴天霹靂吧！你為什麼沒教他？」

「我是在兩個月前赴任大阪的，比淺野分行長更晚。還有……」

半澤繼續說道。

「你剛才用『什麼神社的祭典』來形容，老實說，憑這麼粗淺的認識，做得出正確的判斷嗎？」

「你說什麼？」

小木曾勃然大怒：「大阪的神社叫什麼名字，我怎麼會知道？」

「這間神社位於大阪西分行的頂樓。」

半澤一說，小木曾便露出目瞪口呆的表情。

「頂樓？」

「大阪西分行有個不知道始於何時的慣例，就是以這間神社的祭典為名義，每年十一月，向客戶推銷存款或融資，提升業績。換句話說，名義上是祭典委員會，實際上卻是分行和客戶通力合作的營業支援。這個活動是建立在客戶的好意之上，歷代分行長都會親自出席，和重要客戶建立信賴關係，交換地方經濟及經營的相關情報。前任課長交接時有告知我這件事，淺野分行長交接時應該也一樣，根本用不著我千叮萬囑。」

「你到底想說什麼？」

寶田開口說道：「你的意思是，錯的是不出席祭典委員會的淺野分行長嗎？你要出賣上司？」

「那淺野分行長又是怎麼說的？」半澤詢問：「聽說他把所有責任都歸咎在我這個融資課長身上。不過，正如我剛才所言，那並不是事實。」

「淺野分行長說他有重要的飯局和會議正好撞期，分不開身參加委員會。」

寶田繼續說道：「本調查委員會一致認為譴責淺野分行長並不適當。」

「簡直是鬧劇。」

半澤冷冷地說道：

「表面上叫做調查委員會，其實根本是失察委員會。把淺野分行長所說的話照單全收，完全不查證。各位到底是為了什麼而坐在這裡的？」

「搞清楚你的立場，半澤。」

寶田露出怒氣翻騰的眼神，質問半澤：「你這是在愚弄調查委員會嗎？」

「不服氣的話，就認真調查吧！寶田先生。」

「你是怎麼跟部長說話的！快道歉！」

小木曾大吼。當看門狗逢人就吠，是他的一百零一招。

「如果我說錯了，我道歉。能不能告訴我錯哪裡？」

「什麼！？」

小木曾齜牙咧嘴，但也只吐得出這句話。

「淺野分行長在祭典委員會當天究竟有什麼要事，各位問過了嗎？」

半澤詢問。

「內容不必過問。」

和泉強辯：「淺野說他有事，這就夠了。」

「是嗎？」

半澤提出質疑。「如同我剛才說明，祭典委員會的重要性不言而喻；既然如此，當然該詢問淺野分行長所說的要事是否真的重要到必須缺席委員會的地步。可是各位居然連這麼關鍵的問題都沒問。」

「你和淺野的公信力不一樣。」

和泉終於露出馬腳了。

「我們長年以來看著淺野工作，很了解他的為人。他不是會說謊的人，調查委員會也準備將這個見解附在調查結果中。而你呢？打從審查部時代，就常在會議上引發爭議，行內敵人很多。你的意見原本就不值得信任，我們肯把你叫來問話，你就該心存感激了。」

「既然如此，你就這樣寫吧！到時候丟臉的是各位。」

「夠了。」

此時，寶田說道：「不管你說什麼，在這家銀行裡沒有幾個人會聽你的意見。你現在只不過是一個小小的融資課長，立場已經不比從前在審查部評議企畫的那時候了。」

「您的話說完了嗎？」

半澤從手上的文件夾裡拿出新文件，站了起來。

他將文件狠狠地砸到隔著桌子怒目相視的寶田面前，小木曾嚇得跳了起來。

「看完這個以後，好好想想自己的為人有多麼低劣。」

「別鬧了，半澤。」

和泉用燃燒著熊熊怒火的眼神瞪著半澤。

然而，在這個時候——

「——慢著。」

寶田粗聲說道。此時他露出的不是憤怒，而是困惑的眼神。他的嘴脣雖然在動，卻說不出話；代替他開口的是半澤。

「那是寶塚某家高爾夫練習場的經營資料。」

調查委員會上一陣沉默。

「在每週開設的高爾夫球課的名簿上，有個我們熟悉的名字。」

「……淺野匡？」

融資部的野本窺探文件過後，不可置信地抬起臉來。小木曾瞪大眼睛，用手摀著嘴巴，動也不動。

「每週開設的高爾夫球課時間和祭典委員會是一樣的。這就是淺野分行長的要事。」

和泉皺起眉頭，緊咬嘴唇，禿頭變得紅通通的。半澤繼續說道：「調查委員會到底在調查什麼？現在是搞這種黑箱調查的時候嗎？」

「你、你到底是從哪裡弄到這個的——」

小木曾慌忙問道。

「這家高爾夫練習場的母公司是立賣堀製鐵。」

「立賣堀製鐵……？」小木曾歪頭納悶。

「東京中央稻荷的氏子總代表，掌管祭典委員會的就是該公司的會長。」

聞言，四個調查委員都猛省過來。「換句話說，他們打從一開始就知道淺野分行長蹺掉委員會是跑去哪裡了。可是淺野卻隨口胡謅，逃避責任；再加上他平時不管三七二十一，見人就推銷企業買賣，積怨已久的長老們才會怒氣爆發。」

半澤的指摘沒有任何反駁的餘地。

寶田吞下辯駁之詞，嘴脣抿成一條線，閉上了眼睛。

不久後——

「有句話我要說在前頭。」

寶田緩緩地揉了揉眼，開口說道：「你別得意，半澤。總有一天我會把你踢出去。」

「無論如何，下次請用高明一點的手段。」

半澤靜靜地回答。「融資課長可不是閒著沒事幹。」

8

「你到底用了什麼魔法？半澤。調查委員會居然沒有追究你的責任？」

「那當然。」

半澤氣定神閒地回答：「明明沒有責任，還被追究才奇怪吧！」

半澤獲知結果，是在當天下午；渡真利幾乎在同時收到了情報，消息果然靈通。

半澤一如平時，配合大阪出差的日程，和渡真利相約在東梅田的「福笑」見面。這一天從一大早就是秋雨綿綿。

「聽說中野渡先生親自寫了封斥責信給淺野分行長。活該。」

渡真利露出了幸災樂禍的笑容。中野渡謙是被視為未來行長的日本區總經理。

明明已經將責任推給半澤和江島了，最後被斥責的卻是自己，淺野應該是痛心疾首吧！

說歸說，能夠以這麼點處分了事，說來也算是淺野走運。背後最大的因素，是半澤等融資課員們四處賠罪，這陣子終於有許多客戶接受道歉，交易關係可望恢復之故。因為還款而損失的融資餘額遲早能以新融資的形式補回來。

「話說回來，真虧你能闖過調查委員會這一關。我問野本先生，他只說問答內容不能透露。到底發生了什麼事？」

「我只是讓那幫人知道自己有多麼愚蠢而已。」

「看來你又大鬧一場了。」

渡真利露出啼笑皆非的表情。「真是的，在我們銀行裡，大概也只有你有這種本事了。那現在的情況如何？淺野分行長有變得比較安分一點嗎？」

淺野得知處分以後，大受打擊，好一陣子都窩在分行長室不出來。

「江山易改，本性難移。」

半澤將少了一半的啤酒杯送到嘴邊，說道：「非但如此，他甚至認為是我害他出醜的。根據他本人的說法，高爾夫球課是因為工作需要才去上的，之所以說成和客戶開會，是基於敏感性考量。」

「敏感性啊……」

渡真利意味深長地重複，又突然壓低聲音說道：「欸，半澤，聽說調查委員會沒把高爾夫球課的事寫進報告書裡。」

「我想也是。」

半澤並不驚訝。

「畢竟是黑箱委員會啊！」

渡真利說道：「只報告有利於自己的事，報告內容也不對你和江島公開。」

「至少還有那封斥責信。不愧是中野渡先生。」

「他那個人向來公正。」

渡真利也讚譽有加。在東京中央銀行裡，沒有人會說中野渡的壞話。

「聽說他從前就像現在的你一樣，是殺無赦的類型，不過現在不同了。」

渡真利說道：「現在具備『點到為止』的寬大胸襟。」

「抱歉，是我心胸太狹窄了。」

半澤挖苦道。

「調查委員會原本想把結論引導成『客戶情緒化出走』，不追究責任，是中野渡先生擋了下來。」

渡真利還是老樣子，對於總部裡的小道消息相當靈通。「中野渡先生很生氣，說：『居然完全沒出席分行核心客戶的會議，成何體統？』之所以能夠一封斥責信了事，是因為寶田部長居中說情。」

「淺野固然差勁，寶田也是本性難移。」半澤啐道。「他那個人的身邊只有逢迎拍馬、唯唯諾諾的人，問題就在這裡。」

渡真利說道：「在企畫會議上被你駁倒，也已經成了過去的事，現在根本沒有人敢和寶田面對面爭論。真是世風日下，人心不古啊！」

「不如你代替我去跟他對槓吧！渡真利。」

「別開玩笑了——對了，你們的客戶仙波工藝社後來怎麼了？」

渡真利改變了話題。

「還是在經營改革與接受收購之間舉棋不定。現在正是緊要關頭。」

在半澤等人為了客戶出走而四處奔波之際，友之、春瑠與公司幹部正在促膝長談，討論重振經營的方法。

「怎麼了嗎？」

「不，我只是在想，傑寇沒跟你們說什麼嗎？」

聽了他這番意有所指的話語，半澤挑起眉毛。

「要說什麼？」

「這話你可別說出去。其實我聽到了一個奇怪的傳聞。」

渡真利繼續說道：「聽說傑寇在尋找田沼美術館的買主。」

「等等。」半澤忍不住舉起右手制止。「那間美術館還沒開幕耶！這話是從哪裡聽來的？」

「營業第三部的持川——你知道吧？聽說是偷偷找上他的，要他幫忙問問有沒有客戶感興趣。」

「是誰去找他的？」半澤詢問。

「細節我沒打聽到。」渡真利雖然這麼說，卻提出了他的推測。「八成是大阪營總的和泉吧！」

「變賣的理由是？」

「不知道。」

渡真利搖了搖頭。

「傑寇的業績如何？」

「雖然靠著虛擬購物商城賺了一票，老實說，之後的戰略似乎陷入了瓶頸。說歸說，我不認為傑寇的手頭有緊到必須賣掉蓋到一半的美術館來變現的地步。實在很可疑。」

「變賣應該有個合理的理由。」半澤說道：「只是現在還不知道理由是什麼。」

「你最好小心點，半澤。」

渡真利一臉嚴肅地說道：

「要是把它當成簡單的收購案，搞不好會踩到埋在某處的地雷。」

「有意思。」

半澤宛若事不關己似地說道：「我也來調查看看好了。如果有什麼新消息，我會聯絡你的。」

第五章　阿萊基諾的祕密

1

和渡真利在「福笑」見面的隔天，半澤造訪了仙波工藝社。

「收購條件我都明白了。不過，就算對方保證可以自由公正地編輯，一旦加入個人美術館的旗下，一定會被人用有色眼光看待。所以，我訂下了優先順序。」友之思考過了。「首先，必須靠著自己的力量推動經營改革。彙整改革方案，拜託堂島舅媽提供擔保，這是最優先事項。只要有擔保，就會融資給我們吧？半澤先生。」

「當然，這是說好的條件。」

「那就拜託你了。雖然對銀行過意不去，傑寇提出的收購案只是以防萬一的備胎。這樣行嗎？」

「我也贊成。」

半澤點了點頭。方向性並沒有錯。「那改革方案的進展如何？」

「還在難產中。」

春瑠悶悶不樂。「出版部門和企畫部門兩大支柱維持原狀。我們想把出版部門的赤字雜誌廢刊，剩餘人員盡可能地分配到其他事業，可是我們的商業規模有這麼大嗎？」

不過，從他們拿出的草案，可以看出已經經過相當深入的研討。

「整頓企畫部門這部分倒還好，最讓我傷腦筋的是出版的部分。」

友之說道，滿是鬍渣的臉上露出了苦惱之色。「並不是把赤字刪除了，就會剩下黑字。必須另外想個新點子——」

說著，友之思索片刻；想當然耳，這不是一時半刻之間就能想出來的。他之前應該也思考過各種方法。紙上談兵的改革方案要多少就有多少，要找出一個腳踏實地的可行方案卻是難上加難。

「應該有什麼解決之策才對。」

友之像是在說給自己聽，隨即又把話鋒轉向半澤：「對了，尋寶有進展嗎？」

他說的是芳治留下的謎團，堂島政子將這件事託付給半澤處理。

「很遺憾，目前還沒有進展。」

半澤負責尋寶，仙波工藝社負責經營改革案——不知不覺間，雙方形成了這種分工模式。

「看來我們都是出師未捷。」

「很抱歉，沒能回應您的期待。」

半澤道了聲歉，「我聽到了一個小道消息。不知道您有沒有聽過任何關於田沼美術館的風聲？」

——並如此詢問兩人。

「風聲？」

友之與春瑠面面相覷。

「發生了什麼事嗎？」

「這件事請別說出去。聽說田沼美術館正在低調尋找買主。」

渡真利已經同意半澤將這件事告訴仙波社長與春瑠，因為他認為這麼做或許能夠得到更詳盡的情報。

「還沒蓋好就要賣了？」

友之面露驚訝之情。

「真矛盾。」春瑠也歪頭納悶。

「哎，無論傑寇要怎麼做，我們只能盡人事，聽天命。」

說著，友之板起面孔，凝視著牆壁的某一點。

2

「半澤課長，有件事想跟您商量一下。」

半澤剛從仙波工藝社回來，業務課的課長代理岸和田便來向他攀談。

今年三十五歲的岸和田負責的是開拓新客戶的業務。他靠著運動員的體力優勢，一天可以連跑三十家公司進行營業訪問，工作能力獲得了副分行長江島的賞識，可說是業務課的未來之星。頭腦簡單、四肢發達的岸和田看起來活脫就是苦力型，與江島頗有共通之處。

「關於這個案子。」

岸和田拿出的檔案上有著手寫的「新島興業股份有限公司」字樣。半澤沒聽過這家公司，八成是正在開拓的新客戶吧！

聽說是不動產業，半澤原以為是要融資土地建物的取得資金，誰知岸和田說出的內容卻有點古怪。

「新島社長認識的律師報了條有意思的財路給他，說是想用新島興業的名義買下富山縣和岐阜縣交界的山林。」

「買山林？」

岸和田這番話說得沒頭沒腦的。

「那個律師認識一個在富山縣內經營林業的業者，最近那個業者在這裡——」岸和田在半澤的桌上攤開地圖，指著某個地點。「這一帶的山裡發現了樹齡幾千年的杉樹林。那個地方很少有人去，根據業者的說法，杉樹一棵就有一億圓左右的價值，全部合起來不下二十億圓。」

半澤默默地催促他說下去。

「調查過後，才知道那片山林是在富山市內經營醫院的某個醫生所有的。業者不著痕跡地跟那個醫生探口風，醫生說醫院經營不順，願意把山林賣掉。雖然那片土地面積很大，只要有三億圓——」

「等等。」半澤舉手制止。「你剛才不是說光是杉樹就值二十億了嗎？這樣用三億圓怎麼買得到整片山林？太不合理了吧！」

「其實那個醫生不知道神木的存在。」

事情聽起來越來越可疑，半澤頓時萌生了警覺心。

「是要利用對方不知情，用三億圓賤買的意思嗎？」

半澤啼笑皆非地說道。
「知道神木的事的，只有發現的林業業者、認識的律師和新島社長而已。」
岸和田卻是一派認真。
「就算事後被發現，我們只要說不知情就沒事了。客戶希望本行能夠支援三億圓，作為購買那片山林的資金，您覺得呢？」
「我不贊成。」
半澤說出了心中的想法。「我不想資助這種活像詐欺的買賣。」
「我們可以靠這件事拉攏新島興業。這次的融資對於本行將來的業績一定有幫助。」
半澤將岸和田帶來的客戶概要大略瀏覽一遍。
「業績普普通通啊？」
「只要有三億，就能得到二十億耶！課長。」岸和田奮力遊說。「有了這筆錢，就能擴大業績了。可以積極考慮一下嗎？」
「不行。」
半澤把資料放回岸和田面前。
「這種買賣大多跟詐欺沒兩樣。找上腦袋不靈光的經營者，跟他說只要用少許錢買下山林，就可以高價賣掉，實際上卻是連一毛錢也拿不回來。」

「這樣說未免太武斷了吧！」

岸和田似乎覺得自己被當成傻瓜，露出了不快之色。「課長只是聽我轉述而已。請您實際和新島社長見一面，到時候您一定會改變想法的。」

「那我問你，你剛才說那些神木是在人跡罕至的地方，對吧？那要怎麼把神木運出來？」

「這個問題等到以後再——」岸和田支支吾吾。

「一棵價值一億圓的神木，用人工一定扛不動。是要用直升機搬運？還是開闢搬運用的林間道路？就這張地圖看來，距離最近的聚落也有十公里以上。這要花上多少錢？」

「這個問題也等到以後再……」

「你先別一頭熱，冷靜下來好好想一想。」半澤對無法反駁的岸和田說道：「搞不好神木根本不存在，這筆買賣的目的是向新島社長騙取三億圓。誘人的提議多半有內幕。」

就在半澤如此斷定之際，背後傳來了一道聲音：「岸和田，怎麼了？」

「啊，江島副分行長。」

見了援軍到來，岸和田的表情倏然亮了起來。他抱起在半澤的桌上攤開的資料，拿到江島面前，重複剛才所說的一番話。

「聽起來挺有意思的嘛！」

江島做出了令半澤懷疑耳朵的反應。

「你覺得呢？半澤課長。」

無可奈何之下，半澤走向副分行長席。

「我認為本行不該牽涉這種近似詐欺的案子。」

半澤說道，「那就交給業務課進行吧！」江島提出了一個牛頭不對馬嘴的建議。

「融資課不做，就由業務課提出簽呈——這樣可以了吧？半澤。」

「我是無所謂，不過，您是認真的嗎？副分行長。」

半澤一臉嚴肅地詢問，江島橫眉豎目地說道：

「你老是反對別人推動的案子，之前是收購案，現在是這樁投資案。照你這種觀念，能夠達成分行的業績目標嗎？」

「總比一頭栽進這種案子，結果被倒債來得好。」

「你去進行吧！」

江島逕自對岸和田下令，並用可怕的眼神望著半澤。「既然你都這麼說了，融資課就別插手。你們一插手，準沒好事。」

半澤懶得反駁，只說了聲：「是嗎？」不再堅持，結束了話題。

3

「剛才離開銀行的時候，業務課鬧哄哄的，您知道發生了什麼事嗎？課長。」

這裡是南田常去的居酒屋，位於小店林立的東梅田商店街的小巷裡，餐點便宜又可口。

「四、五天前，岸和田接了件三億圓的新融資案；剛才收到通知，居中牽線的律師因為詐欺嫌疑而被逮捕了。」

說著，半澤將岸和田提出的融資案內容告訴南田。

「這顯然有鬼啊！」

南田啞然無語。「江島先生也太貪心了，差點引火自焚。」

「我那時候表示反對，所以業務課就自己準備簽呈了。」

「幸好我們沒有被扯進去。」

南田鬆了口氣。「對了，課長，我聽到了一個關於堂島太太的小道消息。」他話鋒一轉，說道：

「是戶梶鋼鐵的會長跟我說的。聽說堂島太太擁有很多不動產。」

這是個令人驚訝的情報。

「她私下投資不動產，賺了不少錢，一間買過一間。戶梶會長還說，要是堂島商店也由政子女士來經營，就不會變成那樣了。她應該很有經營天分吧！」

「原來如此，是這麼一回事啊！」

半澤恍然大悟。「一山還有一山高。」

堂島政子這個人物一直以來都充滿了神祕色彩，現在她的廬山真面目逐漸揭曉了。

有趣的是，政子從前也曾以小提琴為職志留學巴黎；雖然夫妻倆都受到同樣的挫折，晚年的政子卻發揮了經營才幹，只能說老天爺的安排實在充滿了諷刺。

「希望擔保的事能夠談定。要不然，就只能往接受收購的方向調整了。」

半澤突然抬起頭來。

「怎麼了？」

「不，我只是覺得這和岸和田拿來的山林案結構一模一樣。」

「什麼意思？」南田詢問。

「山林的主人完全不明白買主為何要買自己的山。就這層意義而言，仙波工藝社也一樣。天底下的出版社那麼多，田沼社長為何偏偏挑上仙波工藝社收購——」

「仙波工藝社可沒有千年古杉。」

南田的這句話深深地落入半澤的心坎裡。他覺得自己似乎快瞧出端倪來了，卻又不知道線索在哪裡。

「我再重看一次資料好了。」

半澤說道，舉起空了的燒酒杯，又續了一杯。

4

「欸，為什麼要在家裡看？」

妻子花一臉不悅地說道，指著半澤手上的週刊。「別的先不說，為什麼把這種東西帶回家裡來？家裡已經夠小了。」

花恨恨地瞪著堆在客廳角落的紙箱。

「沒辦法，在銀行裡哪有時間慢慢看週刊？」

「可是，那是工作吧？既然是工作，就該在銀行裡看啊！幹麼拿回家裡來？這有加班費可拿吧？」

「沒有。」

「這樣太不合理了吧！」花主張道：「這是工作吧？那就該拿加班費啊！」

「銀行就是這樣的地方。」

花說得固然有理，但是「尋寶」不可能被認定為業務。淺野絕對不會批准的。

「你就是人太好。」

花口吐怨言。

「之前說什麼沒拿的加班費可以靠著銀行的持股會賺回來，結果股價一直下跌，持股會根本就是虧損嘛！」

這句話可說是一針見血。

「哎，以後股價就會上漲了。」

「以後是什麼時候？」

「不知道，大概是十年或二十年後吧——總之……」半澤嘆了口氣。「能不能安靜一下？妳一直跟我說話，我無法專心看。」

「週刊是需要專心看的東西嗎？」

堂島芳治在病房裡看的週刊雜誌中是否隱藏了「寶山」的提示，不得而知。

感覺活像在找完全沒著落的寶藏。

眼睛雖然追逐著活字，卻沒有裝進腦子裡；不知不覺間，半澤又想起了岸和田提起的山林買賣。

到頭來，凡事都有表面與背面，而真相往往隱藏在背面。

人自以為看見的只是表面，繞到背後，才會發現意料之外的真相，而表面的矛盾與不合理也都能夠獲得合理的解釋。

這件事的背面究竟是什麼？

不，這件事有背面嗎？

半澤抱著疑惑閱讀週刊，終於在當天深夜找到了線索。

發現的契機並非特輯或頭條報導，而是八卦新聞頁面右上角的折痕。

先前他沒有察覺，折痕想必是出自於芳治之手。

堂島芳治關心的是這一頁的哪個部分——？

疑惑隨即解開了。

「哦，是這篇報導啊！」

半澤在鴉雀無聲的客廳裡喃喃自語。那篇報導下了這樣的標題。

——咖啡廳塗鴉　以十億圓結標

地點是紐約。在現代美術巨匠喬治・席佛常去的咖啡廳裡發現了疑似出自本人手筆的塗鴉，並被拿去拍賣。

對於曾經立志當畫家的芳治而言，這必然是篇令他興味盎然的報導。不過——此時，半澤的腦中突然靈光一閃。

他走向牆邊的紙箱，拿出裡頭的相簿觀看。

那是芳治在病房裡翻閱的相簿。

照片很舊，大多都褪色了。

不久後，半澤找到了一張照片，停下了翻閱頁面的手。

「就是這個……」

半澤現在有了十足的把握。

「芳治看相簿不是為了懷舊——而是為了尋寶。」

5

「沒想到會有重回這裡的一天。幸好我活得夠久。」

造訪仙波工藝社社長室的堂島政子懷念地瞇起眼睛，對著牆上的阿萊基諾說道：「又見面啦！我還以為再也見不到你了。」

政子一臉愛憐地站在畫前，忍不住拿出手帕擦拭眼尾。她對這幅畫的感情應該十分深厚吧！

「幸好友之還留著這幅畫，我太高興了。」

「反正也沒有其他畫可以掛，所以才留著。」

「喂，社長。」

春瑠責備友之的貧嘴，向政子道歉：「對不起。」

「我們都是一樣，嘴上不饒人。別說這個了，春瑠，我也很久沒見到妳了，看到妳這麼精神奕奕，我就安心了。」

政子往沙發坐了下來，對友之問道：「我聽說尋寶之謎已經解開了，所以今天才滿心期待地跑來。友之，你們已經知道答案了嗎？」

「還沒。」

友之搖了搖頭。「我覺得等大家到齊以後再揭曉比較好，就請半澤先生這麼做了。雖然我也很想知道到底是什麼寶藏……」

「那就快說吧！半澤先生。」

在性急的政子催促之下，半澤將貼著索引標籤的週刊放到了眾人面前。中西守在半澤身邊，屏氣凝神，靜觀事情的發展。

「首先，請各位看看這篇報導。這是在紐約的咖啡廳發現了巨匠席佛的塗鴉，於拍賣會上高價賣出的新聞。」

「這件事我知道。」

友之說道，春瑠也點了點頭。「那幅塗鴉是早期的作品，正好處於畫風的轉變期。」

對於門外漢半澤而言，這只是則稍有印象的新聞，但是對於身在美術業界的友之和春瑠而言卻是記憶深刻。

「芳治先生應該是在病房裡看到這篇報導的。他曾經立志當畫家，不難想像他對於這則新聞一定是興味盎然。不過，當時芳治先生的腦中浮現的，卻是另一種截然不同的可能性；這種可能性和這幅阿萊基諾有關。」

眾人仰望牆上的阿萊基諾。友之露出猛省過來的表情，看來他終於明白半澤的言下之意了。

「接下來是我的想像。芳治先生看了這篇報導以後，想起了遺忘已久的往事；為了確認，他才拜託政子女士拿相簿給他看。」

半澤當場翻開放在桌上的相簿。「而他找到了寶物，就是這張照片。」

眾人一齊窺探相簿中的照片。

啊！友之叫道，春瑠也瞪大眼睛，驚愕不已；政子則是愣愣地望著半澤。

照片上的是兩個年輕人。

年輕時的仁科讓和他的同事。

「年輕時的仁科讓和同事勾肩搭背的照片。如果只有這樣，就只是仁科曾經在這棟建築物裡工作的紀錄，價值不高；不過，各位應該已經發現了吧！——這裡。」

半澤用原子筆尖輕輕指著照片的角落。

那樣東西就在照片的右下角，正好在兩個年輕人的腰間一帶。

「阿萊基諾與皮耶洛……」

春瑠喃喃說道，帶著不敢置信的表情比對社長室裡的畫。

「這是畫在牆上的塗鴉。」

半澤說道：「雖然拍得很小，還是可以看出畫的是什麼。」

「原來如此，這裡有仁科讓的塗鴉。」

政子說道，長長地吸了口氣。「不知道有多少價值？」

「應該有十億吧！」

友之的聲音興奮得都啞了。「大名鼎鼎的仁科，而且是阿萊基諾與小丑這個熱門主題。從年代判斷，甚至算得上是日後作品的原型。」

「十億啊？」

政子重複金額，「聽起來好不真實。」說出了這番感想。接著——

「原來是真的。」

她感慨良多地說道：「芳治真的找到了寶物。」

「問題是，現在這個塗鴉還在不在。」

半澤說出了大家心頭的疑慮。「芳治先生應該也在擔心這件事，怕塗鴉已經被消除了，所以才想通知友之社長。」

「可是我拒絕了……」

友之咬住嘴唇，用悔恨的眼神望著阿萊基諾。「真是後悔莫及啊！」

「凡事都是註定好的，只是在小環節上出了差錯。」

說這句話的是政子。

「起先聽說仁科讓曾經在堂島商店工作時，我就該察覺這個可能性了。」半澤繼續說道。「聽說仁科讓是被分發到堂島芳治先生設立的設計室，您還記得那間設計室在哪裡嗎？」

「應該是在地下室。」

政子回答，對友之說道：「不是有個半地下的房間嗎？那個房間現在怎麼了？」

「——是倉庫。」

話一說完，春瑠立刻站了起來。「我去拿鑰匙過來。」

眾人慌慌張張地坐上電梯，來到一樓。

玄關大廳的右手邊有道矮梯，往下走三階就是平台，從平台再往左邊走下兩階，即是半地下室。樓梯的盡頭有扇嵌著毛玻璃的舊門，綠色油漆隨處剝落，門上附了個已經泛黑的黃銅門把。

春瑠打開門鎖，並按下入口旁邊的電燈開關。

浮現的是淹沒了整個空間的不銹鋼架。紙箱堆積如山，甚至連牆壁高處的採光窗都被堵住了。

友之比對照片與房間的位置關係。

「應該是那邊的牆壁。」

他指著某一側的牆壁。「把東西拿下來吧！」

半澤和春瑠也一起幫忙將架子上的東西放到地板上。最後，他們慎重地把清空的架子移開牆邊，春瑠與政子一起窺探牆壁。

「有了。」

春瑠興奮地叫道。她的指尖正指著那幅畫。「是油性粉彩啊？」

油性粉彩是畫材的一種。

阿萊基諾與皮耶洛。如果要裱框，只要長寬各有三十公分就綽綽有餘了。這是將仁科讓拱上現代藝術之星寶座的熟悉圖案。

「雖然技法還不成熟，不過完全具備了日後成為仁科代名詞的繪畫特徵。」

友之難掩興奮之情，如此評論。

「編輯部有特輯在用的修復刷吧？我去拿過來，等我一下。」

春瑠暫且離開，隨後又帶著幾個員工回來，並借助他們之手開始清除塵埃與汙垢。

眾人架起標準型照明，攝影師開始拍攝紀錄用的照片。

在令人窒息的緊張感與歡欣雀躍的期待感之中，塗鴉的輪廓逐漸恢復鮮明。

「現在暫時維持這樣比較好。」

說著，蹲在地上的員工終於站了起來，春瑠、友之與政子和他交換位置，上前窺探。

「的確是仁科讓。沒想到我們公司裡居然有這樣的寶物。」

「這下子不用跟銀行借錢了，社長。」

性急的春瑠如此說道。

這時候，聽到風聲的其他員工也都跑來了，狹窄的倉庫裡人滿為患，完全沒有立錐之地。

「芳治應該也很想看吧！」

政子有些懊惱地說道：「真想讓他看看。」

「塗鴉底下好像有簽名。」

此時，比對照片與塗鴉的半澤察覺了這件事。

「真的。把這裡的汙垢也清一清吧！」

在友之的吩咐之下，員工再次慎重地展開作業。

不知道過了多久？從半澤的位置也漸漸地可以看清用書寫體簽下的名字了。簽名就在塗鴉底下，筆觸顯得頗為生硬。

友之蹲了下來，試著辨識。

「看得出來嗎？」春瑠問道。

友之緩緩起身，回頭望著等待答案的春瑠、政子與員工們，臉上露出了訝異之色。

「舅媽，仁科讓是本名嗎？」

他劈頭就是這個問題，是對著政子問的。

「是啊！怎麼了？」

政子回答。

「是嗎……」友之喃喃回應，用手抵著下巴，陷入思索。

「怎麼了？別吊我們的胃口嘛！」

春瑠蹲了下來，窺探簽名。

「是英文字母，不好辨認……是H、S、A、E、K、I嗎？」

「這要怎麼唸啊？」

有人說道。

「把第一個H拿掉，就是『佐伯（Saeki）』了。」

背後出現了這樣的意見。

「那H是什麼？」

就在眾人議論紛紛之時──

「應該是陽彥（Haruhiko）的H吧！」

政子用沙啞的嗓音說道。

「那是誰？」半澤詢問。

「佐伯陽彥，是仁科還在這裡的時候，跟他一起在設計室工作的孩子。」

「佐伯，陽彥……」

友之困惑地覆誦，背後的員工也一樣唸著這個名字。他們似乎在搜尋記憶，看看美術界裡有沒有這個名字。

「舅媽，這個佐伯是誰啊？」

友之詢問，政子似乎也在回溯幾十年前的記憶，仰望著倉庫的簡陋天花板。

「在堂島商店工作的員工。就是剛才的照片裡站在仁科左邊的那個孩子。」

政子瞥了相簿裡的照片一眼。剛從藝大畢業，還是個無名小卒的仁科讓。與仁科勾肩搭背、眉開眼笑的，是眼神有些徬徨，笑容卻很溫柔的青年。

「這位佐伯先生也會畫畫嗎？」

半澤詢問。

「他是因為某些緣從大阪的美大進我們公司的，應該也挺會畫畫的。」

政子回答：「不過，哎，他和仁科的層次應該不一樣吧！這個塗鴉說不定也是他模仿仁科畫的。」

「怎麼會……」

春瑠雙腳發軟，臉色蒼白，彷彿到手的十億圓就在這一瞬間飛走了一般。

聚集在倉庫裡的員工之間瀰漫著一股沉重的沉默。

6

「話說回來，十億啊？」

被這個金額震懾的南田嘆了口氣。「沒想到仙波工藝社的大樓裡居然有這麼一幅畫。」

「不過，不知道是不是真品。」

半澤一面思索，一面說道。

在工會的推動之下，訂立每週三準時下班的規則，是什麼時候的事？多虧了這條規則，太陽才剛下山，眾人就能坐在分行附近的居酒屋裡喝酒了。中西等年輕行員也一起圍桌而坐，等於是為了喝酒而提早下班。

「我覺得是真的。」

中西帶著莫名的自信說道：「那一定是仁科讓的畫。是仁科畫的，然後當時的同事佐伯半開玩笑地簽了名。」

「可是，你沒辦法證明吧？」

經南田這麼一說，中西支支吾吾：「哎，這倒是……」

「事實上，繪畫的真假是很難分辨的。就算是家喻戶曉的名畫家的畫，還加上了本人的簽名，只要來歷不明，就可能被當作贗品看待。從前，我為了拿畫當擔保，折騰了好久。」

「這次的情況有哪些可能性？」

年輕行員友永詢問，南田略微思索。

「就像剛才中西所說的，或許是佐伯陽彥開玩笑，在仁科的畫上簽了名；又或許是佐伯惡作劇，模仿仁科的畫。佐伯也會畫畫，要模仿應該不成問題。」

「不如直接問問這位佐伯先生吧？要查出是不是真品，這是最快的方法。」

本多說道：「拿照片給他看，他應該會想起來吧！」

「這個方法我也想過。」

半澤一面思索，一面微微地嘆了口氣。「不過，堂島太太說佐伯陽彥先生已經過世了。」

「過世了……」

本多露出了啞然無語的表情。「他應該還年輕吧？」

在相簿裡發現的那張照片，是在距今二十五年前拍下的。當時的他大約二十歲，如果還活著，應該是四十幾歲吧！中西說明：

「堂島太太說他本來就體弱多病，後來健康狀況出了問題，就回老家去了。過了一年以後，接到了訃聞，他們夫妻還有去上香。」

「您打算怎麼辦？課長。」南田詢問。

「我已經請堂島太太調查佐伯先生的老家地址了。雖然不知道能有多少幫助，不過我想去看看。如果有留下日記之類的物品，紀錄了當時的事，或許可以解開謎團。」

可能性雖然低，但是有一試的價值。

到了隔天，半澤接到了堂島政子關於佐伯陽彥的聯絡。

「連我都很佩服我自己，居然還留著這些東西。芳治和我都是捨不得丟掉東西的人。」

說著，政子拿出的是陳年賀年卡，以及佐伯家寄來的通知佐伯陽彥死訊的明信片。

「他過世的時候，如果他的家人有打電話過來，我們應該會去參加葬禮。不過，工作都辭掉一陣子了，家人大概是不好意思打吧！」

「當時堂島商店裡沒有認識佐伯先生的人嗎？」

「或許有，不過那孩子不是很擅長交際。回老家以後，他就斷了音訊；我們在其他地方聽說過他在幫忙家業，沒想到已經過世了。老實說，芳治也一直惦念著他，所以收到訃聞以後很驚訝，立刻就去拜訪他的老家了。」

明信片上的住址是兵庫縣丹波篠山。

「之後，您還有和家屬聯絡嗎？」

「沒有。我還記得當時去了以後，才知道他家原來是開酒廠的，吃了一驚。我上網查過了，那家酒廠現在還在。」

說著，政子將列印出來的資料遞至半澤與中西面前。

那是家擁有三百年歷史的酒廠，名叫佐伯造酒。

「謝謝。這個週末我會去拜訪看看。」

「有什麼新消息記得告訴我。」

半澤鄭重地道謝過後，便告辭了。當週週末，他立即動身前往丹波篠山。

7

「難得說要出門，害我好期待，結果是去丹波篠山。」

花和兒子隆博並肩坐在特快車座位上。她明明是自己硬要跟來的，臉上卻有些不滿之色。

十月下旬的週末。

「而且還是為了工作。」

她看著半澤身邊的中西，嘟起嘴巴。

「對不起。」

中西露出苦笑，把手放到頭上。「隆博，要不要吃巧克力？」他從剛才就一直忙著緩和氣氛。

「要！謝謝！」

小學二年級的博隆天真無邪，能夠搭乘特快車出門就很開心了。「欸，媽媽，丹波篠山是什麼地方？」

「不起眼的地方。」

花答得直接了當。

「沒這回事。」

半澤對隆博說道：「丹波篠山是栗子的產地。你很喜歡吃栗子吧？還有黑毛豆，很好吃喔！」

「一樣不起眼啊！」花說道。

「而且，今天我們要去的是酒廠，已經開了三百年了。」

「我比較喜歡紅酒。」花又說話了。

「哎呀，今天天氣真好。」

中西改變話題，半澤回了一句：「謝謝，中西。」不該帶花來的。雖然半澤暗自後悔，但無論他怎麼想，載著四人的特快車依然繼續疾馳於山間，並在一小時後滑進了篠山口站。

從篠山口站搭乘計程車到目的地佐伯造酒，大約得花上十分鐘。

酒廠離市區有段距離，環繞在格外醒目的白色土牆之中，玄關相當氣派；周圍林立的民宅令人不禁遙想當年作為上京要道而繁榮的歷史。

根據計程車司機所言，佐伯造酒是這一帶的公司經營者的領頭羊。

「我是東京中央銀行的半澤，昨天打過電話。」

半澤向店裡的人報上名字之後，一個身穿襯衫與長褲、約莫五十幾歲的男人便從裡頭現身了。他是過世的陽彥的親生哥哥，佐伯恒彥。

「謝謝您大老遠專程過來，請進、請進。」

眾人來到的會客室是個老舊玻璃門環繞的房間，披著白色蕾絲的沙發看起來莊重典雅，年代顯然很久遠了。

「老實說，很久沒聯絡的堂島太太昨天也打了電話給我。是為了陽彥的事吧？」

「請您看看這張照片。」

說著，半澤拿出了那張仁科讓與佐伯陽彥兩人在堂島商店時代勾肩合照的照片。「和陽彥先生合照的，就是知名畫家仁科讓。您知道嗎？」

「我當然知道，當年也聽我弟弟提過。」

「雖然不太清晰，這張照片的角落——這裡有幅畫，您看得出來嗎？」

恒彥把眼鏡推到頭頂上，從襯衫胸袋裡拿出老花眼鏡。

「哦，的確有。」

「這是放大過後的照片。」

半澤又拿出別的照片，是仙波工藝社的攝影師拍下的放大照片，共有三張。這是友之為了方便半澤說明而交給他的。

「牆上有阿萊基諾與皮耶洛的塗鴉。」

「是啊！」

恒彥也表示贊同，並看著半澤，催促他說下去。

「這幅塗鴉的獨特畫風可說是仁科讓的特色——」

半澤將其中一張放大照片滑到恒彥面前。「這些字很難分辨，您認得出來嗎？

——上頭寫著H. SAEKI。」

「的確。」

窺探照片的恒彥如此說道，拿下老花眼鏡，換回原來的眼鏡。「這應該是陽彥的簽名。」

「陽彥先生生前有沒有提過這幅塗鴉？」

「他常常談到仁科先生，至於這個就……」

恒彥搖了搖頭。

「他談到仁科先生時，說了些什麼？如果可以，能否告訴我們？」

恒彥凝視著會客室的某一點。「都是從前的事了。」他繼續說道：

「陽彥從丹波篠山的高中畢業以後，就進了大阪的美大，立志當畫家。不過，他和美大的老師合不來，學分被當掉，過得很不愉快，後來就休學了。當時我父母還健在，叫他回來，可是他說回家鄉當不成畫家，就自己跑去堂島商店工作了。」

對於陽彥，政子的評價是「挺會畫畫的」。這也是當然的，畢竟陽彥以前是立志當畫家的美大生。

「當時和他在同一個部門工作的前輩員工，就是仁科讓先生。仁科先生跟我弟弟一樣，都是立志當畫家，但是沒有錢，也沒有可以專心作畫的環境。我弟弟和仁科先生似乎非常合得來，偶爾回家探親，說的都是仁科先生的事。我弟弟視仁科先生為繪畫前輩，十分仰慕他。」

中西一臉認真地聆聽這番話。

既然佐伯如此景仰仁科讓，會模仿他的畫風塗鴉，倒也不足為奇。

「我弟弟身體虛弱，動不動就發燒生病；仁科先生似乎很照顧他，會買藥給他，替他做飯。我弟弟常說真的很感謝仁科先生。」

「聽說他後來辭掉了堂島商店的工作？」

「仁科先生前往巴黎以後，我弟弟覺得很孤獨，身體狀況也不太好；他既沒有獨力完成工作的體力，又失去了立志當畫家的氣力，所以最後還是回到這裡來了。說歸說，他一直臥病在床，偶爾起床，也是在『別院』改建成的工作室裡畫畫。有一次，我媽看他一直沒出來，就去工作室查看，結果看到他摔下椅子，倒在地板上。

他真的是在拿著畫筆的狀態之下過世的。」
「他一定很不甘心吧！」
「哎，沒辦法，也只能當作是命中註定了。說來遺憾，這就是人生。」
「可以拜見陽彥先生的畫作嗎？」
中西詢問。「嗯，有幾幅畫是掛出來的，會隨著季節更換。」恒彥站了起來，走出房間，指著正面牆上的畫。「那也是他的畫。」
半澤原以為是風景畫，沒想到竟然是充滿現代感的繪畫，只能以現代藝術四字形容；搭配簡單的背景畫下的少年畫看上去活像漫畫的某個場面。令人難以抗拒的獨特角色與陽彥體弱多病的形象相去甚遠，但也正因為如此，更讓人感受到他的才能。雖然是二十幾年前畫下的，並沒有過時感；只不過，掛在擁有三百年歷史的酒廠主院牆上，倒是有些格格不入。
「老實說，和我們酒廠的氣氛不太搭。」
恒彥似乎也心知肚明。「常有客人問起為什麼要掛這幅畫。不過，我覺得回答這些問題，正好可以證明佐伯陽彥這個畫家的存在。各位要去工作室看看嗎？」
「麻煩您了。」
半澤催促著了迷地仰望畫作的隆博，穿過通道，走向廠區深處。

「陽彥先生的畫充滿力量，連我兒子這樣的小學生都那麼著迷。」
「我這麼說有點像是老王賣瓜，不過他真的是個才華洋溢的人。只可惜他始終當不成職業畫家。」
恒彥就像是自己的事一樣懊惱。「要當畫家，需要的不只才能，還有運氣和體力，可是陽彥沒有後面兩項。」
眾人被帶往的別院是靠著附帶屋頂的走廊和主院相連的。
「這裡就是用來當作工作室的房間。」
五坪大和三坪大的和室毗鄰相接，榻榻米還挖了個孔設置火爐，看得出來是可以當成茶室使用的設計。和風庭園裡有簡易的等候亭與洗手盆，三坪大的和室也附有供客人進出的矮門。
「當時，陽彥把五坪大的和室裡的榻榻米全部撤掉，換成了木板。對面的倉庫是展覽室，請過去看看吧！」
別院日照充足，之所以把這裡當成工作室，應該是希望能夠稍微改善養病中的陽彥的健康狀態吧！
掛在自家展覽室裡的多幅畫作也都具備引人注目的獨特魅力，就連隆博都看得出了神。

「欸，等等，隆博好像對繪畫產生興趣了，要是他以後說要當畫家怎麼辦？」對於花的不安，半澤一笑置之。「放心吧！我們的親戚裡頭沒有人有繪畫天分。」

「你們看。」

在倉庫裡走動賞畫的隆博指著一幅畫。「跟剛才照片上的畫一樣耶！」那是幅筆記本尺寸的小品，掛在展覽室的角落。其他的都是尺寸較大的畫作。

「中西，你覺得呢？」

半澤看著那幅畫，如此詢問。「這個是……」中西也驚訝地連連眨眼。也難怪他驚訝，因為那幅畫正是「阿萊基諾與皮耶洛」。雖然筆觸和仙波工藝社的塗鴉一樣，但這裡的不是塗鴉，而是畫在小型畫布上的油彩畫。露出嘲諷眼神及笑容的阿萊基諾與傻裡傻氣的皮耶洛。戲謔且充滿漫畫風格，同時也和仁科讓的拿手畫作頗為相似；不，幾乎可說是一模一樣。

「這是？」

半澤詢問，恒彥露出了遲疑之色。

「這也是陽彥的畫。右下角有註明年月吧？應該是美大時期畫的。」

「請等一下。」

半澤的腦袋一片混亂，必須加以整理才行。「陽彥先生是到堂島商店工作以後，才認識仁科讓先生的吧？」

「沒錯。」

用嘲諷眼神看著半澤的阿萊基諾彷彿在對他出謎題。

「那這幅阿萊基諾與皮耶洛……」

有各種可能性。不過，用最簡單的邏輯去想，這幅畫顯示的答案只有一個。

「這是陽彥的原創作品。看到這幅畫的人，好像都以為是在摹寫仁科讓的作品。」

聽了恒彥這句沉重的話語，半澤靜靜地抬起頭來。

「欸，這是怎麼回事？中西先生。」

花在一旁詢問。「不，我也完全搞不懂。」中西也歪頭納悶。

「我們似乎誤會了。對吧？佐伯先生。」

「嗯，哎，應該是吧！」

恒彥露出別有隱情的表情，微微地點了點頭。

半澤繼續說道：

「事情的開端是起於堂島商店的前任社長芳治先生留下的神祕話語。從他留下的雜誌和相簿，我們在當年為堂島商店所有、仁科讓曾在那兒工作的半地下倉庫裡發現了塗鴉。那是幅充滿仁科讓特色的塗鴉，可是上頭的簽名卻是佐伯陽彥先生的。見狀，我們以為是佐伯先生模仿仁科先生的畫風，或是佐伯先生開玩笑，在仁科先生的畫上簽名；為了尋求更詳細的情報，才來這裡叨擾。不過，現在我們卻在這裡看到佐伯先生認識仁科讓之前，在學生時代畫下的〈阿萊基諾與皮耶洛〉。到這裡為止，應該都沒錯吧？」

恒彥似乎知悉所有內情，點了點頭。

「另一方面，仁科讓先生首次畫下〈阿萊基諾與皮耶洛〉，是在留學巴黎的第二年；在那之前，他從來沒有畫過。」

「那為什麼陽彥先生能夠在之前就畫出來？」

花一頭霧水地問道。

「理由只有一個。」

半澤斬釘截鐵地回答：「〈阿萊基諾與皮耶洛〉是佐伯陽彥先生的作品，仁科讓才是模仿的人。」

「這不叫模仿，根本是一模一樣啊！」

中西用驚愕的眼神望著畫。「像成這樣，要說是抄襲都行了。在美術世界是可以這麼做的嗎？」
「如何？佐伯先生。」
半澤詢問，恒彥靜靜地垂下了頭。「這部分就任憑半澤先生想像了。我只是個外行人，不便多說什麼。」
「可以請教一個問題嗎？」
花一副無法理解的模樣。
「這幅〈阿萊基諾與皮耶洛〉我也看過，很有特色，一眼就認得出來是誰的作品。陽彥先生知道仁科讓模仿自己的畫嗎？如果知道，他大可以宣稱那是自己的作品，他為何沒那麼做？」
從恒彥的表情，可以看出這個問題戳中了核心。
「仁科先生在巴黎畫下〈阿萊基諾與皮耶洛〉，是在我弟弟從大阪回鄉以後。我弟弟雖然已經放棄當畫家了，但還是知道仁科先生的消息，也知道仁科先生畫下的作品。我弟弟很高興。」
「高興……」半澤喃喃說道。
這是句令人意外的話語。
「我弟弟知道自己已經來日無多了。他因為這種無法靠著自己的努力克服的因素而受挫，不得不放棄夢想，心裡一定很痛苦。就在這時候，他得知仁科先生靠著那幅〈阿萊基諾與皮耶洛〉華麗出道，他說他的夢想實現了，是仁科讓用自身的才華替他代筆，讓他的畫作得以問世。他開心得就像是自己出道一樣。」

「所以陽彥先生才隱瞞那幅畫的原作是自己的事實啊！原來如此，好感人的故事。」

花說道，輕輕地抱住仰望〈阿萊基諾與皮耶洛〉的隆博。

「那仁科先生呢？」

半澤詢問：「您知道他畫下那幅畫的經過嗎？」

「老實說，仁科先生似乎很痛苦。他還寄信向我弟弟賠罪。」

半澤驚訝地問道：「這件事有外人知道嗎？」

「沒有。」

恒彥搖了搖頭。「陽彥一直守口如瓶，而既然陽彥不說，我們也不能說出去，因為這麼做違反陽彥的遺願。知道這件事的只有幾個家人而已。」

「仁科先生為什麼要模仿這幅畫？」

提出這個問題的是隆博。他雖然還是小孩，卻也被勾起了興趣。

「問得好。問題就在這裡。在巴黎奮鬥的仁科先生畫一直賣不出去，生活過得很困苦；在這個時候，他的腦海裡浮現了這幅畫。」

恒彥向隆博說明，並對半澤等人繼續說道：「我弟弟在過世之前和仁科先生通過好幾封信，因為當時還沒有網路和電子郵件。在其中一封信裡，仁科先生揭露了他模仿〈阿萊基諾與皮耶洛〉的緣由。那幅畫後來大受肯定，充滿特色的普普風〈阿萊基諾與皮耶洛〉從此成了仁科讓的代名詞。仁科先生似乎一直為了這件事而感到後悔與苦惱。」

「這麼說來，仁科先生自殺，該不會是因為……」中西略帶顧慮地問道。

「我認為這也是原因之一。」

這是現代藝術不為人知的背面史。

「陽彥先生還有其他作品嗎？」中西詢問。

「您要看看嗎？」

說著，恒彥從展覽室角落爬上通往二樓的陡梯。

「陽彥留下的畫幾乎都放在這裡。大概每隔三個月，就會和下頭展覽室的作品替換一次。」

正如恒彥所言，整個二樓的空間幾乎都被畫作淹沒了。恒彥走進裡頭，拿起其中一幅畫，放到房間中央的畫架上。

「哇！」隆博興奮地站到畫前。「這幅畫畫得很好。」

「你懂畫嗎？」

花啼笑皆非地說道，但她同樣無法將視線從畫上移開。那幅畫描繪的是在酒廠工作的男人，充滿了幽默感。

「這也是美大時期的作品，是他暑假返鄉的時候在這裡畫下的練習作，我也很喜歡。」

恒彥打開其他箱子，「這個我就沒有掛出去了。」如此聲明過後，拿出兩幅大尺寸的〈阿萊基諾與皮耶洛〉，擺在一起。兩幅畫的構圖都不一樣。

「這兩幅都是進堂島商店之前畫的。」

「這些畫在美大時期沒有發表過嗎？」

半澤詢問。

「問題就在這裡。」

恒彥一臉困擾。「那個美大的教授完全否定我弟弟的畫作，而我弟弟也不肯讓步，後來就休學了。結果這些畫完全沒有見到天日的機會。」

「您說陽彥先生和仁科讓先生有在通信，請問仁科先生寄來的信件還留著嗎？」

「當然。」

恒彥說道：「其實不只仁科先生寄來的信，就連陽彥寄給仁科先生的信也有，是仁科先生生前帶來的。我通知他這個倉庫展覽室落成的消息時，他就帶著信件過來了，還說『這是我們活過的證明』。當時我就覺得他說的話好奇怪。」

「那是在仁科先生過世的——」

「大約三個月前的事。聽到仁科先生自殺的消息，我真的好震驚，這才明白他送來那些信件的理由——您要看看嗎？」

半澤說好，恒彥便走向主院，拿著裝了書信的盒子回來。

裡頭約有十封裝在信封裡的信件。

「請看。」

在恒彥的催促之下，半澤開封的是距今四分之一世紀前，夢想成為畫家的兩名青年的赤裸裸的青春。

第六章　巴黎來往書信

1

佐伯陽彥賢弟：

近來可好？

昨天走在香榭大道上，七葉樹正好開始開花了。在這條有名的林蔭大道上往來的行人看起來一派從容，彷彿在盡情享受終於降臨的春天氣息。度過寒冬的巴黎在迎接夏天到來的這幾個月之間，應該會綻放華麗的光彩，充滿喧囂季節的歡愉吧！就像是緊閉的花蕾逐漸打開，釋放淡淡的花蜜芳香一樣。在這裡，可以就近感覺到不只藝術，還有各式各樣的事物都在萌芽，朝著外頭的世界自由奔放地開花。

來到巴黎，已經過了一個月。

上次在信中說過，我在塞納河左岸的十四區，蒙帕納斯一帶找到了一棟沒有樓梯的七層公寓，並順利入住了。公寓位於區公所附近的馬路邊，從這裡步行一段距離，就是莫迪里亞尼年輕時住過的地方，可以貼身感受到從前只認識名字與畫作的偉大藝術家們。巴黎畫派如今已成了美好舊時代的回憶，不過，如果可以，我很想靠自己的力量重拾過去的盛況。

說歸說，現實中的我不只一事無成，甚至連準備都還沒做好。這段期間，我畫了好幾幅畫，帶著它們跑遍了各個畫廊。雖然都是些微不足道又難堪的畫，但是有眼光的人應該可以藉此看出我的畫技。後來，有家叫做謝龍的畫商對我的畫感興趣，要我畫出滿意的作品以後就帶過去，是我唯一的安慰。雖然只是一小步，這個城市擁有寬廣的胸襟，願意肯定我這種來路不明的黃毛小子。

陽彥，等你身子好了，一定要來巴黎。這裡有成為畫家的可能性與未來，只要有實力，每個人都會肯定你。我終於登上了能夠發揮實力的舞台，興奮得忍不住發抖。

我會再聯絡你的，請保重身體。

仁科讓

一九八〇年四月二十日

2

讓兄：

謝謝你的來信。

原想早點回信，但這些天身體不適，無法工作，連要作畫都很辛苦。這種時候，我往往無法思考，只能躺在床上，仰望著租屋處的天花板過日子。

倘若讓兄還在，一定會帶著美食來探望我吧！一思及此，就倍感寂寞。讓兄離開大阪前的那一晚我也說過，這兩年來，真的承蒙讓兄諸多照顧。

讓兄還記得嗎？去年的正月，我因為身體不適，無法返鄉；元旦當天傍晚，讓兄帶著在老家搗的年糕來探望我。

當時讓兄煮給我吃的年糕湯，讓我畢生難忘。在清爽的白味噌裡加入年糕，為了替我補充體力，又加了雞肉與海鮮一起煮成的年糕湯當真是人間美味。

回想起來，我能夠在堂島商店這家公司工作，全是因為有讓兄在。美大中輟，正為了前程而迷惘的我看到了徵才廣告而前去應徵時，是同樣立志成為畫家的讓兄認真地給予我正面的建議。

啊，原來這裡也有和我志同道合的人啊！一思及此，我的心裡就踏實許多，才能夠立刻決定進公司。

讓兄擁有一旦下定決心便勇往直前的行動力、堅定的意志力和體力，每一樣都是現在的我所沒有的。

不僅如此，讓兄還有出類拔萃的素描能力與充滿力量的構圖能力。正如讓兄所說，有眼光的人，一定看得出這種非凡的才華。

隻身勇闖巴黎畫壇不久，就立刻出現了肯定自己的畫商，正是因為這份實力。我一方面替讓兄高興，一方面又覺得以讓兄的才情，這是理所當然的結果。請在巴黎大展身手，建立新時代。

我相信讓兄一定做得到。

陽彥　敬啟

一九八〇年七月十三日

3

陽彥賢弟惠鑒：

不知你後來身體狀況如何？

巴黎的夏天有種頹廢的色彩，彷彿刻意一派冷淡地保持沉默。這種徒具明亮的天空顏色，與從前在大阪仰望的天空頗有共通之處。明明是同一座城市，不過換了個季節，竟能讓同樣的景色變得如此枯燥乏味，讓我驚訝不已。不，之所以枯燥乏味，或許不是城市的問題，而是我日益困窘的心境造成的。

到了九月，巴黎終於找回了平時的亮麗氛圍。

我現在是以一週一幅畫的步調在作畫。不過，那些都是在摹寫羅浮宮或奧賽博物館裡的名畫，拿到街上的禮品店去，如果畫得好，店家就會用足以供我生活一週的價格買下；如果畫得不好，就只值幾法郎。這種時候，就只能動用我微薄的存款了。

老是畫這種畫，地位永遠不會提升。當然，在工作室裡，除了這類用來賺取生活費的畫，我一直有在畫真正想畫、真正該畫的畫，只不過到目前為止，這類畫從來沒有成功賣出去過。

這種心情陽彥賢弟應該能夠體會吧！

傾注全力的作品不獲青睞，只有粗製濫造的仿畫才賣得出去。

這等於是我的特色完全不受肯定。

現在的我正在接受巴黎無情的洗禮。

我不能在這時候認輸，必須相信自己的力量，繼續畫下去——我絞盡幾欲萎靡的氣力，這麼告訴自己。

我好懷念剛來巴黎時那個充滿希望、天真無邪的自己。

對於現在的我而言，繪畫這份工作不再是編織夢想，而是編織現實的工具了。

老實說，我不知道要怎麼從谷底爬上來，甚至連有沒有爬上來的方法都不確定。現在的我苦惱萬分。

不過，在這樣的狀態之中，還是有希望之光的。

因為昨天我想到了一個很棒的題材。下一個作品或許會改變我身為畫家的命運。

謝龍畫廊一定也會樂意收購吧！

無論是哪個畫家，都不是打一開始就走紅的。只有繼續努力畫出暢銷作品的人才能成為畫家，放棄的人只能成為凡人。

我絕不會放棄，一定要成功。唯有這股熱情，我不會輸給任何人。

文筆潦草，尚請見諒。

一九八〇年九月十三日

讓　謹啟

4

讓兄：

拜讀日前的書信，我很羨慕讓兄挑戰新作品的熱情與充沛的氣力。現在的我已經沒有這些事物了。形容枯槁、氣力與體力都日益衰弱的我實在好窩囊。

上個月，我辭去了堂島商店的工作。

自從夏末以來，身體狀況就一直欠佳，時常請假；我不願給公司添麻煩，才下了這個決定。

離職以後，我搬離了松屋町的公寓，回去投靠丹波篠山的老家。

現在我不知道自己該做什麼。

如果可以，我也想和讓兄一樣去巴黎。在堂島商店賺得的錢大多都耗在醫藥費上了，還談什麼巴黎的留學費呢？

讓兄的背影離無法自立、只能依賴老家照應的我越來越遠了。

從前，讓兄曾經邀我去巴黎。

我很想去。

很想去巴黎。

在我看來，讓兄雖然跌跌撞撞，還是走在喜愛的道路上；這樣的讓兄耀眼至極，是我永遠的憧憬。

讓兄的下一個作品一定能夠博得滿堂彩。

衷心祈禱讓兄日益活躍。

陽彥　敬啟

一九八〇年十二月八日

5

陽彥賢弟惠鑒：

烏雲籠罩的巴黎天空就像是我的心情。現在的我大受打擊，情緒就像這片陰鬱的雲一樣低落。

謝謝你前幾天來信鼓勵我。

聽到你辭掉了堂島商店的工作，我很擔心你的身體狀況。我知道你沒在信中提及詳情，是為了不讓我擔心。對於現在的我而言，即使身體不適，依然持續鼓勵著我的陽彥是唯一的知己，也是唯一的戰友。

之前我誇下海口的作品。

敗得一塌糊塗。我滿心期待的謝龍評價也是慘不忍聞。

我大受打擊，同時也困惑不已，看不到這種生活的未來，深深地感到絕望，甚至感到恐懼。

來到巴黎之前，我有許多點子。

可是，這些點子大多用掉了，剩下的也等於是被證明沒有用處了。

現在的我處於不知道該畫什麼才好的狀態，生活窮困潦倒，連買個畫材都要猶豫許久。

麵包和畫具，兩者只能選擇其一的時候，你會選擇哪一邊？

如果能夠放棄畫畫，找其他工作，該有多麼輕鬆啊！現在令我天天苦惱的，就是這種終極的選擇。

以後我該畫什麼樣的作品？

該怎麼畫，才能獲得肯定，擺脫這種跌落谷底的生活？

我已經不明白了。

即使沒有走紅，即使不獲肯定，還有題材可畫是多麼幸福，沒有題材可畫又是多麼可怕，現在我同時了解了。

我萬萬沒有想到會有這一天。

巴黎是座可怕的城市。能夠站上成功舞台的只有極少數的天才，其他人只能坐在觀眾席上。

我徬徨於明暗的狹縫之間，完全迷失了出口。

讓

一九八一年二月二十四日

6

讓兄大鑒：
這陣子身子狀況很差，寫不了長信。
巴黎的環境真嚴峻啊！
我能想像讓兄的辛苦。不過，讓兄仍在那兒全力奮戰。
連巴黎都去不了的我只能每天看著老家的天花板過日子。
整天就是睡了又醒，醒了又睡。
讓兄，加油。讓兄，加油。
我也加油。

一九八一年四月十日

陽彥

7

陽彥賢弟惠鑒：

陽彥，我終於成功入選展示會了！

可是，我高興不起來。

現在的我懷抱著不能對任何人透露的祕密。

不過，唯有對你，我必須坦承，向你謝罪。

陽彥，我模仿你的拿手畫風，畫了一幅畫。

當我用盡了所有靈感，不知如何是好時，我的腦海裡浮現了你的〈阿萊基諾與皮耶洛〉。

從前我們在堂島商店工作時，你曾淘氣地在牆壁畫下〈阿萊基諾與皮耶洛〉的塗鴉。後來，我在你的租屋處看到那幅塗鴉的原版畫，心頭猶如被遙遠宇宙飛來的無形箭射中一般。

那幅畫和我過去所畫的作品天差地遠，才華也天差地遠。

是我絕不會有的靈感產物。

住手，停止。

一邊是如此制止的我，另一邊是認為為了生存只能畫下去的我，兩邊的我不斷地天人交戰。

而那幅畫意外地大受好評。

不光是謝龍畫廊，在出展的展示會上也獲得最高的評價，如今我收到的訂單無論是數量或金額都是前所未有。

不過，我沒有資格接這些工作。

我做出這樣的事，就算你唾罵我是小偷、沒資格當畫家，我也怨不得人。

一想到現在的你是懷著什麼樣的心情看這封信和隨信附上的照片，就令我撕心裂肺。

我已經失去了身為畫家的一切。

不知道該如何向你賠罪。

一九八一年七月八日

卑鄙無恥之徒　仁科讓

8

讓兄大鑒：

首先恭賀讓兄的成功。

拜讀書信與作品的照片之後，一股歡喜之情湧上心頭。

我已經沒有時間，也沒有體力讓自己的作品問世了。

讓兄是替我代筆，讓我的作品得以問世。

不需要後悔，也不需要自責。

現在的我為了讓兄的成功，不知有多麼開心。若是身子還健朗，鐵定會高興得四處亂跑。

〈阿萊基諾與皮耶洛〉彷彿也為此自豪。

太好了，讓兄。

真的太好了。

在公司並桌而坐的那段時光恍若昨日一般歷歷在目。

一回想起來，我就不禁熱淚盈眶。

讓兄，請你代替我，連我的份一起畫下去。
畫出許許多多的作品。
並連我的份一起活下去。
恭喜你，真的恭喜你。還有——謝謝你。

一九八一年八月二十九日

陽彥

9

讀完來往書信之後，半澤久久不能言語，只是凝視著手中的信紙。他靜靜地將信紙折好，小心翼翼地裝進信封，放回盒中，向恒彥道謝。

「陽彥就是在寫下最後這封信的隔月過世的。」

恒彥感慨良多地說道：「這是佐伯陽彥這個畫家曾經存在於世上的寶貴證據。如今仁科讓先生也過世了，我很想公布來龍去脈，讓世人認識弟弟，可是又擔心這麼做違反弟弟的遺願——」

這個矛盾正是恒彥懷抱的苦惱。

「不過，這麼棒的畫，一定有很多人想看吧！」

花站在佐伯陽彥畫下的〈阿萊基諾與皮耶洛〉之前，眼神充滿愛憐。這幅畫確實具有令人著迷的魔力。

「我也想要，爸爸，買給我。」

隆博說道。「喂喂喂！」半澤慌了手腳。「這不是拿來賣的。」

「對不起，數量沒有多到可以賣人的地步。」

恒彥也面露苦笑，這麼對隆博說，接著又繼續說道：「老實說，幾年前，有人找上門來，表明想買下陽彥所畫的所有〈阿萊基諾與皮耶洛〉，還拜託我把剛才給各位看的信件也一併賣給他。我猜那個人的背後應該是仁科讓作品的收藏家。」

半澤與中西面面相覷。沒想到除了他們以外，還有人注意到佐伯陽彥這個畫家，令他們驚訝不已。

「那個人是從哪裡得知陽彥先生的事的？」

「我也問過，可是他說他有保密義務，不能告訴我。不過，我猜或許是仁科讓先生透過某種方法告訴他的。」

恒彥的指摘令人意外。

「若是如此，不就代表仁科先生生前對某人提過陽彥先生的事？」

中西歪頭納悶。

對於仁科而言，〈阿萊基諾與皮耶洛〉的祕密應該是不可告人的。

「那個人頭一次來訪，是在三年前的十月。」

恒彥說道：「而仁科讓先生就是在那一個月前自殺的。這只是我的想像，或許仁科讓先生留下了遺書之類的東西。」

「遺書？」

聽了這個令人意外的推測，半澤忍不住反問。他和中西對望一眼，「確實不無可能。」又將視線轉回恒彥身上。

「那個人和仁科先生的關係大概很親近吧！不過，這些往事成了仁科先生心頭的重擔，讓他抑鬱寡歡。雖然自殺的理由至今仍然不明，如果是和我弟弟有關，說不定仁科先生留下了遺書，打算說出所有實情。當然，這只是我的推測而已。」

如果這是事實，一切都說得通了。半澤有這種感覺。

「想買畫和信件的人是誰，佐伯先生應該心裡有數吧？」

半澤詢問。

「對，大致猜到了。」

恒彥撇開了視線。

「您打算賣掉陽彥先生的畫嗎？」

花和中西心下一驚，看著恒彥。

「這三年來，對方一直熱心遊說；起先我拒絕了，可是酒廠的經營也不輕鬆，或許是時候了。」

對方提出的價碼想必很高吧！

「不過，要是賣掉，不知道陽彥先生的畫會被怎麼處置，說不定以後再也看不到了。」

半澤說道。

「嗯，我知道。」

恒彥一臉懊惱，環顧陽彥的畫。「不過，並不是全部賣掉。」

恒彥像是在說服自己似的，深深地嘆了口氣。現在佇立於半澤等人面前的，是對於現狀無能為力的經營者。

「半澤先生打電話來的時候，我聽到東京中央銀行，還以為是要談買畫的事。我本來以為您是那個人的代理人，看來是我誤會了。」

「來向您收購陽彥先生畫作的，是我們銀行的人嗎？」

這番話令人意外。「如果可以的話，能否告訴我名字？」

「我有名片，請等一下。」

恒彥暫且回到主院，隨即又拿著一張名片回來了。「這是他頭一次來的時候給我的名片。」

名片上用鉛筆寫著收下的日期。

「怎麼會……」

中西露出訝異的眼神，喃喃自語。

「直樹，是你認識的人嗎？」

花詢問。「嗯，我認識。」半澤抬起頭來。

名片上印著這些文字。

東京中央銀行大阪營業總部次長——寶田信介。

一旁還用手寫文字寫下了手機號碼。

「寶田怎麼會……」

新的謎團落到了半澤面前。

第七章　不利的真相

1

「以上就是拜訪佐伯陽彥先生的老家以後得知的事。」

到了禮拜一，半澤造訪仙波工藝社，向友之、春瑠與會計部長枝島三人說明詳細經過。

在半地下倉庫發現的塗鴉究竟是真品還是贗品——

這對於友之、春瑠以及仙波工藝社員工而言，是最大的重點。倘若是真品，便是估計十億圓的「寶物」；但若是贗品，就一文不值。如果是前者，可以在業績低迷之際成為公司重生的救星，友之等人應該都抱著莫大的期待才是。

「這麼說來，那果然是——」

大失所望的枝島臉色蒼白，嘴巴開開闔闔，活像隨時會因為呼吸困難而昏倒。

「雖然沒有當時的紀錄，也沒有證詞；很遺憾，要斷定是仁科讓的塗鴉應該有困難。」

「是嗎……」

枝島失落地垂下肩膀。

「天底下沒有白吃的午餐，枝島先生。」

春瑠半開玩笑地安慰枝島，臉上同樣難掩失望之色。

「不過，謝謝你幫忙調查，半澤先生。」

友之雖然滿臉遺憾地皺著眉頭，還是不忘低頭致謝。「不過，那幅塗鴉畢竟是仁科讓曾在這棟大樓裡工作的重要紀錄，我會好好保管的。」

「拜訪佐伯先生的老家之後，我十分了解家屬內心的糾葛。」

回來以後，半澤一直在思考這件事。「希望抑鬱而終的佐伯陽彥先生能夠被世人認知，卻又必須遵從陽彥先生的遺願，保守〈阿萊基諾與皮耶洛〉的祕密。我想，家屬夾在這兩種相反的感情之間，一定痛苦了很久。」

「在美術的世界裡，模仿不盡然是壞事。」

友之說道：「對於藝術家而言，模仿與創造其實是息息相關的。無論是再怎麼偉大的藝術家，都是看著前人的作品尋找靈感，進行創作。透過這樣的過程誕生的作品究竟是致敬？是二次創作？是無罪的模仿？還是惡意的抄襲？有時候是取決於被模仿者與模仿者之間的人際關係，有時候則是取決於製作的經過。」

無罪的模仿或惡意的抄襲——

友之偶然說出的這句話正是問題的本質。

「以前美術界發生過這類問題嗎？」中西詢問。

「多著呢！不只繪畫世界，音樂、文學等各種藝術領域都發生過同樣的問題。」

友之說道：「其中甚至有靠著模仿別人的作品而獲得肯定的畫家。這就是原作與模仿關係曖昧的例子之一。另一方面，也有長期活躍於畫壇的日本知名畫家在獲得某個獎項之後，筆下幾十項作品被認定是抄襲義大利畫家的例子。這件事是因為那個義大利畫家憤而抗議才曝光的。後來他的模仿被判定為『抄襲』，獎項也被取消，成了日本畫壇史上的一大事件。回過頭來看，這次的仁科讓和佐伯陽彥之間屬於什麼關係，其實很難說。」

友之用手摀著下巴，進行思考。「首先，仁科沒說這是模仿，而是當成自己的原創作品發表；但是陽彥不但沒有抗議，反而替他加油打氣，這種例子可說是極為罕見。問題是在於創造這種世界觀與獨特筆觸的人究竟是誰。」

友之仰望社長室裡的「阿萊基諾」。「〈阿萊基諾與皮耶洛〉這個題材在歐洲很常見，比如法國畫家安德烈・德蘭，還有畢卡索和塞尚也畫過。不過，仁科的畫獨樹一格，他的獨特筆觸與普普風讓人一眼看了就能認出『啊，這是仁科讓畫的』。

如果這幅畫的價值在於這種強烈的原創性，那麼仁科這種全盤模仿的行為確實可稱之為抄襲。」

「問個假設性問題，如果這件事曝光，仁科讓作品的價值會變得如何？」半澤問道。

「作品的評價會變成怎樣很難說，不過有可能下跌，只是會跌到什麼程度就不知道了。還有，即使仁科本人已經承認抄襲並為此道歉，原創者佐伯陽彥的『早期作品』是否會受到肯定，又是另一回事。美術的世界啊，半澤先生，是很複雜的。」

令人難以釋懷的沉默降臨了。

或許這就是美術世界有趣的地方，但同時也有許多不合道理、善惡基準曖昧不明之處。有時候，必須經過跨越時代的漫長時光，曖昧模糊之處才能獲得明確的評價。

「只不過，現代藝術的收藏家大多是大富豪，要說他們是因為愛上作品的藝術性才買的嘛，倒也不見得。很多都是出於投資目的而收購的。對於這類人而言，花了大把鈔票收集的繪畫面臨價值暴跌的危機，那可是一大慘事。」

「就是這個。」

半澤說道：「這下子我明白本行的寶田收購佐伯陽彥畫作的理由了。」

「什麼意思？」春瑠問道。

「田沼社長是仁科作品的收藏家，據說他砸在仁科作品之上的錢不下五百億。要是仁科讓抄襲之事公諸於世，作品價值或許會暴跌，所以他才派寶田向恒彥先生收購佐伯陽彥先生留下的畫作。恒彥先生猜測，田沼社長八成是透過仁科讓的遺書得知這個事實的。」

「我也這麼想。」

友之說道：「聽說仁科讓過世的時候，有留下遺書給家人和親朋好友。傑寇的田沼社長是仁科讓近年最大的贊助商，也是客戶；我不知道仁科讓是怎麼看待田沼的，但他們之間必然存在著無法切割的公事關係。晚年的仁科讓精神很不安定，也就是俗稱的憂鬱症；雖然沒像巴斯奇亞那樣沉溺於毒品之中，但個性變得越來越內向，到後來幾乎不見人了。據說他的性情纖細溫柔，很可能如佐伯先生所言，一直為了抄襲而苦。越是成功，過去犯下的罪過就變得越深重，就這樣壓垮了他。」

友之一臉同情地皺起眉頭，問道：「那佐伯先生打算賣掉弟弟留下來的〈阿萊基諾與皮耶洛〉嗎？」

「他說酒廠設備老舊，需要一筆錢翻新，似乎正為了籌措資金而苦惱。雖然尚未正式簽訂買賣契約，不過他好像有意賣掉。」

「他一定很無奈吧！」

友之咬緊嘴脣。

「聽說他是最近才跟寶田提起來往書信的事。我猜想，或許信上有遺書沒有的資訊——就是這部分。」

半澤指出信件影本的其中一段。

——從前我們在堂島商店工作時，你曾淘氣地在牆壁畫下〈阿萊基諾與皮耶洛〉的塗鴉。

「當然，這個塗鴉現在是否還留著，田沼社長無從得知。不過，如果還留著，是個很大的風險。」

「該不會——該不會這就是收購我們公司的理由吧？」

春瑠露出了憤怒的表情。「仁科讓和佐伯陽彥兩人的友情，對於買了畫的田沼社長而言，只是對自己不利的真相？」

「他們的目的八成是掩蓋仁科讓抄襲的事實。」

半澤說道。

「有可能。」

友之用空虛的眼神望著尋常無奇的社長室。

「他想要藝術類出版社或許是事實，但如果只是為了這個目的，沒必要選擇我們公司。為什麼偏偏挑上我們？假如這是原因，就說得通了。」

「和畫作價值下跌相比，十五億的暖簾費要來得便宜多了。根本是把我們當傻子。」

春瑠氣惱不已，短短地吐了口氣。「怎麼辦？社長，要裝作不知情，乖乖被傑寇收購嗎？還是只要賣掉牆上的塗鴉就好？」

「不，我不賣。」

友之用心意已決的語氣說道：「那幅塗鴉是佐伯陽彥這個畫家活過的證明。消除痕跡，或是為了錢賣掉它，都是對佐伯陽彥的褻瀆。我喜歡佐伯陽彥這個男人的生命態度。溫柔善良，替人著想，是個很棒的青年。所以我不會賣掉塗鴉，也不會賣掉公司。這樣妳滿意了嗎？春瑠。」

「這才是社長。」

春瑠眉開眼笑。「這不是錢的問題，而是靈魂的問題。您覺得呢？半澤先生。」

「很好啊！貴公司用不著加入別人的旗下，也能經營下去的。不過，為了經營下去──」

「經營改革案。」

友之回答：「我會擬出讓堂島舅媽滿意的方案。到時候，融資就拜託你了，半澤先生。」

「上次提過的整頓出版部門，也要麻煩您了。」

「說到這件事，有筆有意思的生意上門了。」

友之興高采烈地談起春瑠認識的巴黎協調人居中牽線的企畫案。

「就是這個，社長。」聽完概要之後，半澤一臉認真地說道。「一定要讓這個企畫案成功。」

「從前，我爸曾經跟我說過。」

友之露出銳利的眼光，說道：

「不是每家公司都是在一帆風順的狀態之下茁壯長大的，總是會有面臨新挑戰的時候。現在就是這個時候，我一定會跨越這個危機的。」

2

和一如平時來到大阪出差的渡真利重逢，是在前往丹波篠山拜訪佐伯造酒的隔週末。

十月過去，進入了十一月的第一週。這一天，半澤在晚上七點前踏進東梅田的店門時，渡真利早就到了，已經喝掉了半杯生啤酒。

「你來得真早。」

半澤也點了杯生啤酒，乾杯之後，便將上週末在佐伯造酒的所見所聞告訴了渡真利。

「這才是收購的真正目的？」

渡真利瞪大眼睛，彷彿在整理思緒一般，繼續說道：「田沼美術館主打的是仁科讓收藏品，可是仁科的作品全是抄襲的；雖然已經盡力掩蓋真相，要是事情曝光，長年收集的畫作價值不知會受到多少影響——」

「如果那些畫打從一開始就是出於投資目的而買的，換作是我，一定會設法脫手。」

半澤說道：「既然有評價下跌的風險，繼續留著也沒意義。設法掩蓋真相，爭取時間，盡快把畫賣掉，美術館的構想最好也一併作廢。」

「所以才要偷偷賣掉美術館啊！」

渡真利恍然大悟，露出了平時少見的嚴肅表情。「喂，半澤，這個情報如果是真的，可就不得了了。要是那些畫跌到半價，就是幾百億圓的損失。美術館也一樣，就算能打七折賣掉，也會虧損近百億圓。」

「最關鍵的是，現在傑寇的業績並不出色。」

半澤指摘：「這件事一旦曝光，股價搞不好也會暴跌。」

「難怪田沼社長和寶田那麼拚命。」

「不只這樣。」

半澤靜靜地說道：「這件事的背後還隱藏了另一個重大問題。」

「重大問題？」

渡真利反問。

「就是這張名片。」

說著，半澤從公事包裡拿出一份影本。是佐伯造酒的社長佐伯恒彥持有的寶田名片。

「你不覺得不對勁嗎？」

「哪裡不對勁?」

「你看看恒彥先生註明的日期。」

渡真利窺探名片，思索了一會兒，又歪頭納悶。

「什麼意思?大阪營業總部是寶田先生以前待的地方，哪有什麼問題——啊!」

渡真利驚訝地抬起頭來。「這件事大阪營總的和泉跟伴野知道嗎?」

「不，他們八成不知道。」半澤斬釘截鐵地說道:「他們只是被利用的小嘍囉而已。」

「小嘍囉啊?那倒是。」

渡真利微微一笑。

「無論寶田出什麼招數，要做的事只有一件。」半澤靜靜地說道:「擬出經營改革案，讓堂島太太同意提供擔保。只要融資一通過，就能打破僵局。」

3

位於大阪梅田的傑寇總公司。在接近最上層的社長室裡，業務統括部長寶田與田沼正相對而坐。

「關於尋找美術館買主的事，現在還是繼續在檯面下進行，請安心。」
「叫我怎麼安心？」
田沼用神經質的尖銳聲音駁斥：「不知道什麼時候會虧損幾百億。」
「哎呀，請別那麼心急，已經在進行了。」
寶田表現得氣定神閒。「佐伯造酒幾乎已經打定主意要賣了。只要買下那些畫和來往書信，留在世上的抄襲痕跡就只剩下沉睡在仙波工藝社地下的塗鴉了，而仙波工藝社遲早也會同意收購的。到時候，真相就石沉大海，至少可以爭取到充分的時間來賣掉美術館和畫。田沼大社長，請您放寬心吧！俗話說得好，戲棚下站久了就是你的。」
寶田拿出營業人的本領，花言巧語地拍起田沼的馬屁來了。
「要是在那之前，仙波工藝社發現塗鴉怎麼辦？說不定他們會查出真相。」
「不會的。」
寶田好整以暇。
「都已經沉睡了幾十年，他們應該連想都沒想過有這種東西存在吧！」
「你怎麼知道仙波工藝社會答應收購？」田沼詢問。
「因為他們籌不到資金。」寶田的嘴角露出了令人作嘔的笑容。

「因為沒有擔保？可是，要是他們找到擔保怎麼辦？到時候不就要融資給他們了？」

「不，不會的。」

寶田斷然搖頭。

「你不是說過現在是用這個條件打回票的嗎？」

「那只是藉口，社長。」寶田的笑容暗不見底。「無論發生什麼事，本行都不會融資給仙波工藝社的。只有在滿足『同意收購案』這個唯一絕對的條件時，本行才會融資。」

「這麼說來，你們是在欺騙仙波工藝社？」

面對田沼的質疑，「別說得這麼難聽嘛！」寶田正色說道：「融資的條件會依審查內容與狀況而改變，如此而已。其他的您還是別過問比較好。」

寶田委婉地制止田沼繼續追問。

4

秋意漸濃的十一月早晨。雨一直下到了黎明時分，土佐稻荷神社境內的積水倒映著高高的天空。

有個身穿運動服的年輕人拉著拖車走在境內。是中西，他不時停步，將打掃境內的人收集的垃圾裝進袋子裡，放上貨台。

在參道附近撿垃圾的半澤遠遠地看見一道熟悉的身影，走上前去。

「那些垃圾給我吧！」

身穿圍裙、頭戴毛線帽的堂島政子循聲望去。

「有什麼話要跟我說嗎？」

說著，她環顧四周。「友之也來了？」

「想請您看看重新擬好的經營改革案。」

「你們還真是鍥而不捨啊！」

政子手插著腰，伸展腰部，將垃圾袋遞給半澤，自己則是往旁邊的石階坐下。

「還是說已經走投無路了？」

「不，先不談擔保的事，只是想徵詢堂島太太的意見而已。」

政子凝視半澤片刻。「好吧！待會兒來找我。」留下這句話之後，她便離去了。

「謝謝。」

行了一禮的半澤在打掃完畢之後，偕同友之造訪了堂島的大樓。

現在政子就坐在客廳的椅子上，瀏覽友之帶來的仙波工藝社事業計畫。

「這麼厚一本？」

政子一拿到沉甸甸的計畫書，劈頭就是這句話。然而，隨著翻閱頁面，她的表情變得越來越嚴肅，闔上最後一頁以後，她拿掉老花眼鏡，閉上眼睛，沉默了片刻。

仙波工藝社為求生存，竭盡全力擬定的經營改革案。

「三本雜誌廢刊兩本啊？真是壯士斷腕啊！」

「《美好年代》是黑字，又是我們的招牌，所以留下來。」

友之回答：「我也想過將赤字雜誌整合起來，可是負負大概不會得正，所以最後還是決定廢刊。這是不得已的決定。」

友之繼續說道：「今後，我們會靠著兩大支柱決勝負。一個是充實《美好年代》的內容，製作比以往更能滿足讀者要求的雜誌，積極推出特別企畫。目前主打的是終於和法國權威專業雜誌《現代藝術》敲定的合作企畫。這在業界應該也會掀起一波話題，鐵定能夠吸引更多讀者。為了支援，我從廢刊的編輯部調了兩個編輯過去。另一個改革支柱是擴充企畫部門的業務。」

友之接著說道：「從前我們只做企畫工作，向贊助商或美術館提出特展方案，聯絡海外美術館或收藏家，借調繪畫或美術品。不過，聆聽客戶的意見之後，發現許多客戶追求的是更進一步的服務。透過廣泛提供各種活動的預算管理、廣告宣傳、手冊製作等套裝化服務，創造更高的營業額。從前因為人才不足而做不到的事，現在可以靠著重新分配編輯部的優秀人才實現。」

政子默默聆聽。

「也可以把辦雜誌培養的知識技術應用到廣告宣傳與手冊之上。除此之外，由於人員增加，還可以將企畫件數增加至現在的兩倍。」

友之說明完畢之後，沉默持續了好一陣子。

不知道過了多久？

「我明白了。」

政子說出了這句話，並用難以理解的眼神望著半澤。「已經提出這麼扎實的計畫，銀行還是要有擔保才肯借錢嗎？」

「背後有很多考量。」

半澤雖然沒有明說融資部對於計畫性倒閉一事抱持的懷疑立場，但是以政子的敏銳，或許早就察覺了。

「原來如此，好吧！」政子用下定決心的眼神望著半澤。「都已經害得半澤先生白費工夫去尋寶了，我也不好意思再挑三揀四。」

政子重新轉向友之。「友之，你的使命就是實現這個計畫。銀行裡的事，我們無能為力，半澤先生，只能請你代替我們奮戰了。拜託你了——仙波工藝社的融資，就用這筆土地建物當擔保進行吧！」

「謝謝。」

半澤說道，向這位女中豪傑深深地低下了頭。

5

「啊，分行長，您回來啦！」

一看見外出歸來的淺野，江島便討好地向他打招呼。「有好消息。」

說著，江島將仙波工藝社的檔案遞給淺野。

「剛才半澤課長來報告，說仙波工藝社已經找到擔保了。」

「什麼？」

淺野露出了驚愕之色。他連外套都忘了脫，慌忙打開檔案。

「堂島之丘……這是什麼——」

淺野一臉茫然地抬起頭來。

「聽說是仙波社長的親戚。」江島用悠哉的口吻說道。「願意將名下的大樓拿出來當這次融資的擔保。太好了，分行長。」

「好在哪裡？收購案該怎麼辦？」

見了淺野的表情，江島猛省過來，摀住了嘴巴。

「這個擔保沒有問題嗎？」

淺野低聲詢問。

「土地建物本身沒有什麼瑕疵……只不過——」

江島支支吾吾。

「只不過什麼？」

「那個親戚的來頭有點……」

在淺野的瞪視之下，江島戰戰兢兢地繼續說道：「擔保提供者堂島政子的丈夫，就是那個有計畫性倒閉傳聞的堂島商店社長。」

「這個政子也和計畫性倒閉有關聯嗎？」

「不，有沒有關聯不知道，但他們畢竟是夫妻；當時丈夫欠了幾十億圓的債，申請破產，妻子政子卻全身而退，坐擁大樓，這一點似乎很難解釋。」

「原來如此。」

淺野走進分行長室，打了通電話給業務統括部長寶田。

「擔保提供者出現了？」

寶田充滿戒心地壓低聲音。「是什麼人？」

聽完淺野的說明之後，寶田思索了一會兒。

「好，我會去跟融資部長北原說，跟計畫性倒閉有關的不動產不適合拿來擔保。」

聽了這句值得感謝的話，淺野鬆了口氣；因為這樣他就不必弄髒自己的手了。

「不過，最後一刀要由你下手。」

下一瞬間，寶田發出了帶有警告意味的一語。

「仙波工藝社的收購案無論如何都要成立。現在是緊要關頭，淺野分行長。你的評價就靠這一仗了。」

「我會謹記在心的。」

淺野放下話筒，心臟有好一陣子都是撲通亂跳。

「現在有擔保了，分行長一定嚇得軟了腳吧！」

課長代理南田轉過頭來，用手摀著嘴巴，低聲說道。
融資部要求的擔保已經找到了，還附上重新擬定的詳實經營改革案，仙波工藝社的融資準備可說是萬無一失。
「內容已經無可挑剔了。」
此時，傳來了分行長室的門開啟的聲音，回頭一看，淺野拿著檔案，坐到了自己位於辦公區最底端的位子上。
「半澤課長，可以過來一下嗎？」
來了——南田留下這句話，回到了自己的座位上。
「聽說這個叫做堂島政子的擔保提供者，就是從前梅田分行的客戶堂島商店的社長夫人？」
淺野的語氣帶有責難之色。
「她現在從事不動產業。這些日子以來，我和仙波社長持續交涉，這回總算得到了她的同意。」
「堂島商店就是那家計畫性倒閉的公司吧？」淺野說道：「用這種來路有問題的擔保，不妥當吧！沒有其他擔保嗎？」
「關於計畫性倒閉的事，之前我已經報告過了，在法律上也沒有任何問題。」

「可是，丈夫為鉅額債務所苦，申請破產，為什麼妻子政子會擁有這樣的大樓？太奇怪了吧！」

「這棟大樓早在倒閉很久以前就是政子女士單獨持有的，並不是在倒閉之際趁亂變更名義。」

「我不太贊成。」

淺野說道，並詢問身旁的江島：

「你覺得呢？副分行長。」

「是，我也有同感。」

江島一如平時，展現令人喟嘆的順從姿態，並對半澤投以根本用不著問的問題：「沒有其他擔保嗎？」

「沒有，只有這個。」半澤回答：「這是一再交涉，好不容易才爭取來的擔保。請務必提交給融資部。」

淺野活像鬧脾氣的小孩一樣嘟起嘴巴，將雙手盤在腦後，躺在椅背上。

他無法否決。

雖然半澤很有把握——

「哎，好吧！擔保就是擔保。」

沒想到淺野輕易地批准了。「太好了，半澤課長。這下子簽呈就能核准了。」

如此這般，仙波工藝社的簽呈再次將審查舞台移到了融資部——

6

「這種來路有問題的擔保怎麼能用？」

融資部的豬口直接打電話給半澤，劈頭就是這句話。

「別的不說，梅田分行被堂島商店倒了十五億圓的債，可是現在呢？妻子成了資產家，要提供擔保？別開玩笑了。」

「堂島商店和這件事是兩碼子事。」

面對情緒化的豬口，半澤始終保持冷靜：「我們現在是在審核仙波工藝社的融資。我已經照著你們的要求拿出擔保了，不通過怎麼行？」

「北原部長說這種擔保太不像話了，沒有審查的價值——」

「請等一下。」

半澤制止對方，繼續說道：

「就算是夫妻，在法律上還是不同的個體，再說她也不是保證人。拿她的不動產當擔保，到底哪裡有問題？能不能請您明確地說明一下？」

「當然是因為這可能是計畫性倒閉時趁亂藏起來的資產。」豬口語帶嘲諷：「您也無法證明不是吧？」

「您是想讓仙波工藝社倒閉嗎？」

面對這種蠻不講理的論調，半澤的語氣透露出一絲怒意。

「有具體的經營改革案，也有擔保，這樣還不融資，太沒道理了。」

「就算本行不融資，公司也不會倒閉的。」

此時，豬口說出了一句不容忽略的話語。

「都有大型資本提出的收購案了，何必拿這種來路有問題的擔保進行融資？您連這麼簡單的道理也不懂嗎？」

「收購的事是從哪裡聽來的？」半澤低聲問道。

「從哪裡聽來的不重要吧？」

豬口並未回答。

「您看起來像是為了促成收購，故意雞蛋裡挑骨頭。」

「這話太失禮了。我們怎麼可能這麼做？」豬口激動地說道：「是因為這種擔保不能用，我們才否決的。」

「這根本不成道理。我們明明說好了，現在卻過河拆橋，未免太奇怪了吧？」

「奇不奇怪不是分行的融資課長決定的。」

豬口盛氣凌人地說道：「總之，這件事不只我反對，部長也持同樣的意見。拿來當擔保的不動產與導致其他分行虧損的計畫性倒閉有關，有合規性方面的疑慮。不管你再怎麼抗議，這種條件就是不行。如果不服氣，就去找其他擔保吧！不然就快點推動收購案。懂了嗎？」

豬口逕自掛斷了電話，仙波工藝社的簽呈意外地觸了礁。

「沒核准？這是怎麼回事？」

「是我能力不足，非常抱歉。」

仙波工藝社的社長室裡，半澤深深地低下了頭。「我爭取過了，可是現在狀況還不明朗。」

「半澤先生，你承諾過只要有擔保就可以融資吧？那是騙我的嗎？」

友之質問，半澤咬住了嘴脣。

「好不容易舅媽拿出擔保來，卻說什麼來路有問題、違背合規性，根本是雞蛋裡挑骨頭嘛！」

春瑠這麼說也是情有可原。

「我們已經沒有其他擔保了，你知道吧？半澤先生。」

友之皺起眉頭，沉下了臉。「這樣等於是叫我們倒閉嘛！好不容易擬好了經營改革案，正要大展身手，居然因為這種蠻不講理的理由而拿不到融資，太奇怪了。有半澤先生在，怎麼還會變成這樣？」

「融資部應該也不希望貴公司倒閉。我會繼續努力爭取，能否再給我一點時間？」

「這個月底資金就會出現缺口了，來得及嗎？」

友之用絕望的聲音問道。

「我會竭盡全力交涉，現在只能這麼說。」

說歸說，半澤沒有殺手鐗。分行長淺野不採取行動，也是個問題。

東京中央銀行信奉現場主義，遇上關鍵時刻，分行長的一句話往往能夠決定大局。然而，淺野在這件事上一直消極以對，擺出大不了被收購就好的態度。

「我一開始就不贊成用這種擔保。人家都說有合規性的問題了，還能怎麼辦？」

這是淺野的說詞，而江島也與他同調。

「我會盡最大的努力。」

雖然還不知道該如何打破僵局，半澤只能這麼說。「請再等候一段時間。」而半澤在隔天早上八點半接獲了渡真利的緊急聯絡。

「我現在剛到大阪站，你有時間嗎？半澤。」

「十點之前我都有空，怎麼了？」

半澤詢問。

「我現在立刻過去，在外頭碰面吧！詳情到時再說。」

渡真利匆匆忙忙地回了這句話以後，便掛斷了電話。

二十分鐘後，半澤和渡真利在分行附近的飯店酒吧裡碰面。寬敞的酒吧用的是玻璃天花板，如果是晴天，明亮的陽光便會傾洩而下，但今天不巧是雨天，就連擺在各處的盆栽看起來都灰濛濛的。

「有件事一定要通知你。」

渡真利一臉嚴肅地帶入正題。「仙波工藝社的融資是不會通過的。」

「什麼意思？」

半澤猛然抬起頭來。

「就是字面上的意思。業務統括部長寶田向我們部長北原先生及豬口關說，不融資，讓仙波工藝社接受收購，就是他們寫好的劇本。如果仙波工藝社倒閉，正好可以便宜收購，更合他們的意。」

「別開玩笑了，豈有此理！」

半澤粗聲說道。

「那幫人滿腦子只想著自己的好處。」渡真利繼續說道：「寶田就算是來硬的，也要促成仙波工藝社的收購案。我聽到風聲，業務統括部已經在進行調整，要把仙波工藝社的收購案當作模範案例，向全行宣傳。」

「他們把客戶當成什麼了？」

半澤的眼底靜靜地燃起怒火。

「寶田用合規性當理由說服了北原部長。再這樣下去，你會全盤皆輸。」

面對這種不合理的狀況，渡真利愁容滿面，急切地對半澤說道：「你要想想辦法，半澤。本行的融資原則不能因為這種事而被扭曲。」

「我明白了。」

半澤的語氣雖然平靜，雙眼卻熊熊燃燒，在眼底迴旋的憤怒清晰可見。

「老虎不發威，把我當病貓。走著瞧。」

半澤瞪著大雨拍打之下的酒吧玻璃窗。

「人不犯我，我不犯人；人若犯我——加倍奉還。」

第八章　獻給小丑的安魂曲

1

「副部長，仙波工藝社打電話來，說想談談收購的事。明天我去一趟。」

伴野喜孜孜地向直屬長官和泉報告剛才接到的電話。

這一天是十一月中旬的星期一。

「我就在想，時候也差不多了，終於打來啦？戲棚下站久了就是你的。」

上週末，融資部的豬口才剛來電通知已經將仙波工藝社的簽呈打了回票。

這個月底就有資金需求的仙波工藝社只剩下兩條路——一條是直接倒閉，另一條是被收購。

「一切正如我們的計算。看來馬上就會塵埃落定了。你要好好處理啊！」

和泉面露奸笑。

「劫兵糧奏效了。中小微型企業想跟銀行鬥，門兒都沒有。還有個蠢蛋融資課長居然站在中小微型企業那一邊。」

他說的是半澤。

「就算撐過了調查委員會那一關，他也不過就這點本事而已。」

和泉抖動肩膀嘲笑：「要不了多久，他就會認清自己到底有幾斤幾兩重了。」

「這下子就能和寶田部長分享喜訊了。」

明天上午，寶田會來大阪開會。「我們也可以向田沼社長報告成果。」

「只要傑寇和本行合作，大生意就會一筆接著一筆上門來。我們的辛苦總算得到了回報。」

和泉的表情猶如仙波工藝社已經是囊中之物一般。

隔天早上十點，伴野帶著文件前往仙波工藝社。

「勞煩您專程過來，不好意思。」

友之延請伴野進入社長室，一派輕鬆地向他勸座，自己則是往對側的扶手椅坐了下來。

「不不不，勞煩社長撥空見我，我才覺得惶恐呢！聽說您為了籌措資金，花了不少心血。之前我也說過，最優先的是公司的存續。所謂的經營，就是為了生存選擇最佳道路。」

「哎，如您所說，為了籌措資金，我確實花了不少心血。哎呀呀，銀行這個地方真是群魔亂舞啊！一開始搬出計畫性倒閉的事情來，說要有擔保才肯提供融資；我真的拿出擔保來了，又說來路有問題，不能用。」

「現在對於合規性的要求很嚴格。」

伴野擺出了同情的表情。

「不管我再怎麼說明我們公司和計畫性倒閉無關，銀行就是聽不進去。這下子我也束手無策了。」

「至少還有這樁收購案啊！」

伴野嘻皮笑臉地說道：「您終於做出決定了，太感謝啦！」

友之把伴野矯揉造作的關西腔當成了耳邊風。

「沒什麼好感謝的。」

「不不不，對於我們而言，您決定接受收購，就是件值得感謝的事。」

伴野面露笑容。

「不，我沒說要接受收購啊！」

聽了友之的話語，伴野一臉錯愕。

「什麼意思？您明明說要談收購的事啊！再說，現在資金周轉有困難吧？」

「這部分半澤先生會想辦法，我不擔心。」

「我不知道半澤是怎麼跟您說明的，但是簽呈是不會通過的，社長。」伴野連忙說道：「您該接受收購才對。」

「簽呈還沒定局。半澤先生是這樣跟我說明的。」

「還沒定局……都已經到了這種狀況耶！」

伴野輕聲地笑了。

「太荒謬了。簽呈不會通過的，再這樣下去，貴出版社就會周轉不靈，事情再明顯不過了。分行的融資承辦人毀掉客戶，原來天底下還真的有這種事啊！」

伴野露出了啼笑皆非的表情，又突然正色說道：「您該接受收購，社長。這種機會或許不會再有第二次，難道您要錯過嗎？」

友之沉默不語，緩緩地搖了搖頭。

見狀——

「社長，公司會倒閉的。」

面對咄咄逼人的伴野，友之露出了隱含怒意的表情。

「我就說清楚講明白了。我要正式拒絕傑寇的收購案。」

伴野宛如被大頭針釘住一般，動也不動，連眼睛都忘了眨，與友之正面對峙。

不久後——

「您就是為了拒絕才叫我過來的？」

自尊受損的伴野怫然變色。

「因為你們好像誤會了，有人建議我把話說清楚比較好。」

「到底是誰——」

伴野尖聲說道。

「是我。」

突然傳來一道聲音，只見敞開的社長室門口出現了一個男人。

「——半澤！」

「失禮了，社長。」

半澤致意過後，在友之身旁的扶手椅上坐了下來。

「你未免太胡鬧了吧？」

伴野的神態活像隨時要撲上來咬人似的。

「胡鬧的是你們吧？這句話我原封不動還給你。」

半澤的銳利視線貫穿了對手。

「你這麼做，要是仙波工藝社倒閉了，該怎麼辦？」

伴野皺起鼻頭，氣呼呼地說道。「本行在岸本行長的領導之下，積極推動這類收購案——」

「不用唱高調了。為了收購，還去跟融資部關說？繼續跟你們這些小嘍囉耗，只是浪費時間而已。我會全力保護仙波工藝社，不會讓它倒閉的。」

「就憑你？」

伴野輕蔑地說道，而半澤從西裝內袋裡拿出一張照片，沿著桌面滑到伴野面前。

「這是什麼？」

「如你所見，是照片。至於是什麼照片，沒必要向你說明。你把照片拿給寶田看，今天他應該會來大阪總部。替我問他：『你就為了這種事搶人家的公司嗎？』」

「你怎麼知道？」

伴野充滿戒心地瞇起眼睛。

他不知道半澤在背地裡透過渡真利掌握了寶田的動向。

「記得拿給他看。還有，跟他說——別小看客戶。」

「你別以為這麼做還可以全身而退。」

伴野威嚇道。

「放馬過來吧！」

半澤用熊熊燃燒的目光望著伴野，斷然說道。

「哼！走著瞧。」

伴野站了起來，最後對友之撂下了這句話：「社長，您會後悔的。」

2

「怎麼樣？仙波工藝社同意了嗎？」

回到大阪營業總部，等著伴野的不只如此詢問的和泉，還有今早搭乘新幹線來到大阪的業務統括部長寶田。他喜孜孜地蹺著二郎腿，等待伴野的答覆。

「這個嘛……」伴野含糊其詞。「很抱歉，我本來以為對方要答應收購，沒想到是正式拒絕。」

「別開玩笑了！」

和泉拍打自己的膝蓋。素有瞬間熱水器之稱的禿頭轉眼間就變得紅通通的。

「對方都已經周轉不靈了，為什麼還談不成？你到底是怎麼交涉的？」

「對不起，副部長。大阪西分行的半澤也在那裡，好像是他唆使的。呃——他似乎也知道我們向融資部關說的事。」

「又是半澤？」

一聽到宿敵的名字，寶田便橫眉豎目。

「他還要我帶話給寶田部長，要您『別小看客戶』——」

「可恨的傢伙。」寶田啐道。「我會馬上把這件事告訴淺野。」

「麻煩您了。」

伴野說道，「還有一件事——」接著又略帶顧慮地從公事包中拿出一張照片。

「老實說，半澤還要我把這張照片交給寶田部長。我不知道這是什麼照片，可以交給您嗎？」

「給我看看。」

寶田從沙發上起身，接過伴野戰戰兢兢地遞來的照片。

「這是什麼？」

寶田喃喃說道，然而下一瞬間，他的臉色就沉了下來。

起先伴野以為是出於憤怒，但他隨即發現那是驚慌失措之色，不禁倒抽了一口氣。

「寶田，怎麼了？」

和泉一臉詫異地關切，寶田這才回過神來。

「關於這張照片，半澤有說什麼嗎？」

他沒有回答和泉的問題，而是如此詢問伴野。

「沒有。他說沒必要向我說明。」

寶田那雙炯炯有光的眼睛再次轉向手中的照片。

明知有事發生，和泉及伴野卻不明白是什麼事。

「那是什麼照片？」

不久後，和泉問道。

「誰、誰曉得？我也不知道。」

寶田顯然是在打馬虎眼，令伴野暗自驚訝。身經百戰的營業人寶田向來是不動如山，現在卻明顯地亂了陣腳。

「他還說了什麼嗎？」寶田詢問。

「他誇下海口，說一定會保護仙波工藝社。」

「真囂張。」

和泉啐了一句，滿腔的怒氣無處宣洩。

「區區一個分行課長，要怎麼保護？最後鐵定是周轉不靈，哭著求我們收購。乾脆等到那時候再賤價收購好了。」

和泉說得口沫橫飛，一旁的寶田卻是默默無語。

「如何？寶田。」

和泉詢問，「嗯，是啊！」寶田心不在焉地回答。

「這個交給我保管。」

寶田將照片收進西裝內袋。「會議時間快到了。」他如此喃喃自語，隨即站了起來，結束了這個話題。

當天晚上要談論的事與這家店的氣氛格格不入。

位於梅田站附近的高級飯店裡的法國餐廳。田沼是這家店的忠實顧客，一份套餐不下五萬圓，再搭配高級紅酒，一晚不知得花上多少錢。

寶田尚未告知今天的來意並不單純。

他算準時機，開口說道：

「老實說，有件事要跟您商量，社長。」

那是在第二道菜剛撤下的時候。「今天，分行承辦人送了這張照片過來。照片上的八成就是那幅畫，仙波工藝社裡的塗鴉。」

田沼瞥了一眼，臉色倏然大變。

「看吧！我就說不能大意。」

帶有神經質怒氣的目光就像針一樣銳利。「對方知道多少？」

「不清楚。」

問題就在這裡。

他們透過仁科讓與佐伯陽彥的書信才得知其存在的塗鴉，半澤是如何發現的？知道多少內情？將這張照片送給寶田的目的又是什麼？寶田完全不明白。

「該怎麼辦？」田沼用責難的口吻問道。「萬一那件事公諸於世，你要怎麼負責？」

「我會設法解決的。」

情急之下，寶田只能這麼說。「不過，那個承辦人或許只是發現了塗鴉而已。」

他自己也知道這句話沒有半點安慰效果。

「收購案呢？收購案進行得怎麼樣了？」

面對這個犀利的問題，寶田支吾其詞。

「不瞞您說，呃——仙波工藝社正式拒絕了。」

田沼凝視著寶田，連眼睛都忘了眨。不知道過了多久？

「在這裡手忙腳亂也不是辦法。」

面臨危機時，田沼顯然比較沉著。「你去問問對方送這張照片過來的目的是什麼。該怎麼做，等聽了答案以後再決定。」

「遵命。」

寶田微微點頭，下意識地將酒杯送到嘴邊。他完全感受不到原本該在口中擴散開來的濃密香味與些微酸味，猶如在喝紅寶石色的開水。

3

半澤把分行長淺野的怒斥當成耳邊風。

「你也該多表現一點反省的態度吧！」

淺野瞪著泰然站在辦公桌前的半澤。

「仙波工藝社收購案已經算進業績裡了，業務統括部也正在進行準備，要把這個案子當作成功案例，向全行公布。你這是要給我難堪嗎？」

半澤正在向淺野正式報告仙波工藝社拒絕收購案之事。

「仙波社長從來沒有贊成過收購。把收購案當成既定事實，是業務統括部操之過急。」

「別把錯推給總部。」

淺野激動地說道：「你以為行長會接受這種說法嗎？業務統括部彙整的報告是會上呈給岸本行長的，豈是一句操之過急就能解決的？」

「是大阪營總的伴野擅自上呈的吧？再不然就是寶田部長獨斷獨行。」

聽了半澤的回答——

「你竟敢瞧不起寶田部長？」

淺野更加憤怒了。半澤冷冷地望著他——

「這麼一提，調查委員會的報告書裡好像完全沒有提到我提出的資料。」

並說出了這句話。

「什、什麼？」

淺野充滿怒意的眼底有另一股氣息蕩漾。

「您知道是為什麼嗎？」

「當、當然是因為那不值得報告。」

淺野露出了警戒之色。

「調查委員之一，融資部的野本部長代理是負責記錄的；聽說寶田先生要求野本先生刪掉那部分的紀錄。」

「這件事與你無關。」

淺野一口駁斥：「不管調查委員會怎麼記錄，被調查的人都無權置喙。」

「分行長為了練習高爾夫球蹺掉委員會，觸怒了長老們；但是調查委員會的報告書上卻把這個事實寫成了『分行長為了進行重要交涉，不得已缺席會議，而不近人情的長老們小題大作』。這個寫法並不符合事實。」

「我、我不知道這件事。」

形勢惡化，淺野的臉上浮現了動搖之色。

「那麼這件事您知道嗎？寶田先生向融資部關說，指示他們刁難仙波工藝社的簽呈──」

「不知道！」

「就算分行長不知道，在總部裡有可信情報來源的我全都知道。」

話題朝著意料之外的方向發展，淺野連眼睛都忘了眨，目不轉睛地凝視著半澤。

「只要我願意，馬上就能對調查委員會的內容提出異議。總部裡有好幾個人握有我向調查委員會提出的資料。您明白我的意思吧？」

「你、你是在威脅我嗎？半澤。」

「是嗎？不過，如果您要助紂為虐，我已經做好把一切搬上檯面的準備了。」

淺野的眼睛因為恐懼而睜大，嘴脣開始顫抖。

「請您別再妨礙仙波工藝社的簽呈了。那份兩億圓簽呈是建立在合理的授信判斷之上。他們提出的經營改革案值得肯定，擔保也是合法的。對於正當的事給予正當的評價——我不知道寶田先生是怎麼跟您說的，但我希望您停止這種無聊的拖延戰術。」

「那不是我，是融資部的判斷——」

「只要您肯說幾句好話，就能通過了。」半澤斷然說道：「本行是現場主義，與客戶親身交流、熟知業務內容與業績，並了解經營者為人的現場人員的意見最具影響力，這一點您應該也知道吧？請您運用分行長的發言權推動這份簽呈。身為主力銀行，本行該支援仙波工藝社這兩億圓。只要您肯做好您的本分，我也不想把事情鬧大。」

半澤的話語在淺野的心頭飄搖，逐漸落定。淺野正在考慮。不知道過了多久？

「你、你保證說到做到？」

他終於擠出了這句話。

「當然。」

長年在總部工作的淺野知道半澤的人脈不是嘴上說說而已；同時，他也知道半澤的指摘絕不只是威脅。

這是淺野匡向半澤投降的瞬間。

「沒事了嗎？我還有工作要做。」

「還有一件事。」

淺野對轉過身去的半澤說道。他的聲音軟弱又無助。

「剛才業務統括部打電話來，提到由他們主辦的全國會議。每間分行的分行長和融資課長都要出席，這件事你知道吧？」

「那又怎麼樣？」

「各地區選出的分行必須進行業務簡報，而我們銀行不幸中選了。他們希望我將仙波工藝社的收購案當作成功案例，進行發表。」

「他們是用這種方式在施壓，拒絕不就好了？」

「能拒絕我早就拒絕了。」

淺野眼神閃爍，吐露了內心的苦惱。「我該怎麼辦？這場會議行長也會出席，這樣我會在行長面前出洋相的。」

「老實說出為了促成收購，寶田部長進行關說，融資部也同流合汙，刁難簽呈，試圖強渡關山，結果失敗了，不就好了？」

「我怎麼可能說得出口？你去說。沒錯，就交給你發表了，半澤課長。這是你的工作了。」

「那我就照我的意思發表了。」

半澤背向因為恐懼而瞪大眼睛的淺野，快步離開了分行長室。

待半澤的身影從分行長室消失之後，淺野抖著手拿起桌上的電話，立刻打給寶田。

「我有急事，請他盡快聯絡我。」

淺野如此交代告知寶田正在開會的祕書以後，掛斷了電話。還不到十分鐘，寶田本人便回電了。

「是什麼急事？」

「半、半澤說要是我輕舉妄動，就要公布之前調查委員會的資料。要、要是他公布了，我怕會造成寶田先生的麻煩——」

「半澤的目的是什麼？」

寶田打斷淺野，問道：「他不可能沒事這樣威脅你。」

正因為是水火不容的仇敵，寶田深知半澤的行事風格。

「他要我同意融資給仙波工藝社。他也知道部長關說的事了，融資部裡八成有人向他通風報信。」

「你要放棄仙波工藝社的收購案？原來你連屢敗屢戰的骨氣也沒有。」

淺野成了夾心餅乾，緊握話筒的手狂冒汗水，腸胃糾結，幾欲作嘔。

「可、可是仙波社長，呃——堅決反對收購……我實在……」

斷斷續續地吐出的，是膽怯顫抖的聲音。

「我對你真是太失望了。」寶田給了淺野一記重擊。「哎，反正你原本就不是半澤的對手。」

「我、我沒想到他會用這種方式威脅我——」

「他是見招拆招的天才。」

說來意外，寶田居然讚美半澤。

「一旦視為敵人，他就會運用組織的邏輯與人脈，毫不容情地加以剷除，不管對手是分行長還是我都一樣。」

「對不起，給您添了麻煩。」

淺野的道歉等於是敗戰宣言。

「喂喂喂，我可不能被你添麻煩啊！淺野老弟。」寶田冷冷地落井下石。「就算向半澤磕頭也行，去求他別把事情鬧大。還有，仙波工藝社收購失敗，你要負起全責。」

電話被掛斷，淺野疲軟無力地垂下了頭。

「混帳，混帳！」

一股火直冒而上，淺野拿起桌上的文件，用力扔了出去。此時正好敲門探頭進來的江島見了散落一地的文件，不禁瞪大眼睛。

「分行長，您沒事吧？」

「囉嗦！」

淺野把氣出在問候他的江島身上，雙手抱著腦袋，好一陣子都是動也不動。

4

位於中之島的大阪總部。半澤走進會客室時，對方正坐在扶手椅上歪著腦袋，若有所思。

「明天我想跟你談談那張照片的事。」

半澤接到這通電話，是在昨天下午三點過後。

寶田應該已經得知半澤成功拉攏淺野的消息了，卻完全沒有提及這件事。他告知來意，徵得半澤的同意之後，便約好在隔天——也就是這一天的上午十點半見面，掛斷了電話。

從大阪西分行所在的本町，開車只需要十五分鐘就能抵達位於中之島的大阪總部。

而現在——

「你居然敢威脅我們，很有膽量嘛！」

寶田恨恨地瞪著走進會客室的半澤。

「您似乎誤會了。基本上，我是人不犯我，我不犯人；不過，找上門的麻煩總是得處理的。」

「無聊。」

寶田的眼底燃燒著猶如炭火般火紅的怒火，說道：「不管你說什麼，都會被我壓下去。身為部長的我，和區區的融資課長。東京中央銀行這個組織會聽信誰的說法？你還是掂掂自己的斤兩吧！」

「用不著您操心。您應該不是為了說這些話而叫我來的吧？」

「就會耍嘴皮子。」

寶田啐了一句，帶入正題。

「上次的照片，我想知道你把它送給我的用意。那是仁科讓畫的塗鴉吧？」

半澤狐疑地瞇起眼睛。

「您應該知道那不是仁科讓畫的吧！」

一陣沉默降臨，寶田似乎是在試探半澤的底牌。

「不然還會是誰的作品？〈阿萊基諾與皮耶洛〉就是——」

寶田的問題與半澤的一句「佐伯陽彥」重疊了。

「您透過仁科和佐伯的來往書信得知仙波工藝社的大樓裡有佐伯陽彥的塗鴉。現在價值連城的仁科讓作品〈阿萊基諾與皮耶洛〉如果是模仿別人而來的——」

「知道了，不用再說了。」

寶田舉起右手制止半澤，並繼續說道：「仙波工藝社應該很缺錢，不必拐彎抹角，打開天窗說亮話吧！我們要買那幅塗鴉，你開個價碼吧！我會跟田沼社長討論的。」

「很遺憾，那是非賣品。」

聽了半澤的回答，寶田僵住了臉。

「不然你是為了什麼……」

「為了揭露真相。」

半澤回答。對於寶田而言，這應該是他料想得到的最壞答案。

「畫家仁科讓，和在他背後悄然離世的佐伯陽彥。〈阿萊基諾與皮耶洛〉是這兩人的友情證明，也是佐伯陽彥這位畫家曾在世上走過一遭的存在證明。那張照片的用意，就是向企圖掩蓋歷史真相的你們宣戰。」

「你是東京中央銀行的行員吧？」

寶田用曉以大義的口吻說道：「要是這麼做，以仁科讓作品收藏家而聞名的田沼先生就會蒙受巨大的損失。不光是仙波工藝社，傑寇也是本行的重要客戶，保護客戶是本行行員的義務。這麼做才符合我們的利益，你不這麼想嗎？」

「說的比唱的好聽。」

半澤語帶嘲諷地回答：「我們銀行的工作有該遵守的規則，您遵守了嗎？」

「什麼？」

寶田瞇起眼睛。「這話是什麼意思？」

「就是字面上的意思，寶田先生。」

半澤望著寶田的眼底問道：「不管誰來說情，我都會揭穿您做的事。做好心理準備吧！」

「等一下，等等——」

寶田慌忙制止起身的半澤。「我不知道你在說什麼。我只是想保護田沼社長的財產價值，這麼做有什麼不對？」

「真的只有這樣？」

被如此詢問的剎那，寶田吞下了話語，用試探的眼神看著半澤。

「哦，還有——」

臨去前，半澤突然停下腳步，回過身來。「我們分行必須在M&A的全行會議上進行簡報的事，可不可以改成其他分行？仙波工藝社的案子已經破局了。或許您這麼做是為了給淺野分行長施壓，不過到了這個關頭，已經沒有任何意義了。」

「指名大阪西分行的不是我，是行長。」

寶田露出苦澀的表情，如此說道。

「行長？」

「我以前向行長報告過傑寇的案子是由大阪西分行經手，他似乎還記得，想在會議上聽聽之後的經過，所以才列入發表名單。」

「這下子我就可以當眾報告你為了這件收購案而做了多少荒誕不經的關說了。」

「前提是你能夠參加。」

「什麼意思？」

半澤詢問，寶田露出隱含怒意的笑容。

「給你一個忠告。有種東西是我有，但你卻沒有的。你知道是什麼嗎？——就是權力。調動一個分行的融資課長，對我來說易如反掌。這件事你可別忘記。」

「害怕人事異動，當不了上班族。」半澤滿不在乎地笑道：「放馬過來吧！不過在那之前，寶田先生。」

半澤指著寶田的鼻頭。

「——我會全力摧毀你。」

5

「我不著痕跡地向業務統括部的人探過口風了，關於M&A全行會議，確實就如寶田所說的一樣。」

渡真利來電通知，是在半澤與寶田對峙的數天後。進入十二月，街上開始播放為時過早的「聖誕鈴聲」。

「岸本行長宣告要讓M&A成為將來的獲利支柱，因此格外關心全行的進展。大阪西分行負責的是傑寇，所以被行長記住了。」

「岸本先生對於這些有的沒的記性特別好。」

審查部時代，半澤也常去向岸本說明資料，當時岸本連細枝末節都記得一清二楚，令半澤驚嘆不已。

這類細枝末節的共通點，就是全是些禁不起質疑的「弱點」。倘若敏銳察知弱點也是種經營能力，那麼岸本鐵定是天生就具備了這種能力。

「我們的案子已經破局的消息，還沒傳到行長那裡嗎？」

「關於這一點——」

渡真利欲言又止，似乎別有含意。「好像是寶田擋住的。你知道這是什麼意思吧？要拿大阪西分行殺雞儆猴。當著全國分行長的面被岸本行長斥責。這樣一來，其他分行就會更加積極推動M&A。正所謂殺一儆百，大阪西分行成了代罪羔羊。」

這確實是寶田會打的歪主意。

事實上，岸本的確有一動怒就一發不可收拾的傾向。由於他平常總是擺出一副理性的紳士模樣，被這種落差嚇得魂飛魄散的人在行內可說是多不勝數。

「不過，這份光榮的差事不見得輪得到你。」

渡真利意有所指地說道。

「人事啊？」

「聰明。」

渡真利繼續說道：「寶田呈了份備忘錄給人事部，說你無視行長的意向，妨礙分行業績；再加上先前還有調查委員會的事，寶田主張為了順利推展分行業務，該盡速將你調職。你知道這是什麼意思吧？」

「我終於可以功成身退啦？很好啊！」

半澤用諷刺的口吻回答：「績效考核還真容易扭曲。」

「沒錯。我已經向你通風報信了，你自己看著辦吧！」

渡真利沒等半澤回答，便逕自掛斷了電話。

6

「話說回來，真的不要緊嗎？半澤先生。」

在阿萊基諾俯瞰的社長室裡，友之不安地望著半澤。「春瑠也在擔心半澤先生為了我們，在銀行裡越來越難做人。」

友之的身邊是春瑠和會計部長枝島，而半澤的身邊則是拿著剛用完印的融資合約書的中西。

「請不用擔心。」

半澤氣定神閒地說道。

「要是少了半澤先生這樣的人，銀行會越來越腐敗。竹清老爺子也很賞識你。」

聽了友之這句話——

「竹清老先生說了什麼嗎？」

半澤詢問。

「上次在土佐稻荷神社的聚會上見到他，他說你幫了他不少忙。」

「正好相反，是竹清老先生幫了我許多忙。」

半澤笑道，但友之依然一臉嚴肅，鄭重地挺直腰桿。

「半澤先生，還有中西先生，真的很感謝你們幫忙通過這次的融資。」

春瑠和枝島也深深地垂下頭來。

「請把頭抬起來。」

半澤慌忙說道：「我和中西都只是盡融資承辦人的本分而已。」

「不，沒這回事。」

說出這句話的人居然是中西。「謝謝您為了仙波工藝社的兩億圓融資挺身而出。

課長，我也要向您道謝。」

連中西都鄭重地低頭致謝。

「喂喂，為什麼連你也在道謝？」

半澤露出困擾的笑容。

「因為如果不是課長，這次的融資絕不會通過。」

中西說道：「總部的人，甚至連分行長都想促成收購，只有課長正面挑戰，奮力通過了這次的融資。我真的學到很多經驗，也得到許多勇氣。」

「果然是你替我們爭取來的。」

春瑠說道，再次道了聲謝。

「如果你被刁難，隨時跟我說，半澤先生。」友之也說道：「我會去邀竹清老爺子，一起教訓淺野分行長。」

「不用了。」

半澤笑了，隨即又正色說道：「先別說這個，我有件事要拜託您。」

「儘管說，只要我做得到，一定幫忙。」

友之一口答應，而半澤提出的卻是個出人意表的要求。

7

「有一家雜誌透過公關部申請採訪。是《美好年代》，說是想請您談談仁科讓收藏品。」

每天早上進公司以後，田沼都會和祕書確認行程。

「《美好年代》？」

聽了這個名字，田沼忍不住反問。

「就是仙波工藝社發行的美術專業雜誌——」

「我知道。」

祕書不知道田沼有意收購仙波工藝社。企業買賣都是在極機密狀態之下進行，只有高階管理人員才能接觸相關資訊，而祕書並不包含在其中。

該接受採訪嗎？田沼暗自尋思。

「美好年代」編輯部八成是在不知道田沼有意收購仙波工藝社的狀態之下申請採訪的，實在是個驚人的巧合。

「這是採訪企畫書。」

祕書遞出的文件上印著大大的「仁科讓特輯」字樣。「公關部認為《美好年代》是影響力很大的媒體，最適合對社會大眾宣傳社長的收藏品價值，希望社長能夠接受採訪，好為預定於明年春天開幕的田沼美術館做事前宣傳。」

「嗯，好吧！」

田沼很快地下了決定。

「對方希望能夠盡早採訪，時間大約是一小時。下星期三和東西新聞三島社長的面談要改時間，不如就排到這個時段吧？」

「地點呢？」

「選在本公司的會客室可以嗎？」

「不，選在我的辦公室好了。」

田沼說道。「那裡也有一幅〈阿萊基諾與皮耶洛〉，正好符合企畫內容。」

「好主意。」

祕書表示贊同，在記事本上記錄下來。「接下來是和軟盾公司乾社長的會議——」田沼還無暇思考，就換成了下一個話題；《美好年代》的採訪轉眼間便被趕到腦海的角落裡去了。

直到採訪當天，田沼才再次想起這件事。

當天的採訪瀰漫著異於平時的氣氛。
明明是特輯專訪，卻沒有攝影師隨行；要採訪的是「田沼時矢」，卻只有兩個人來，也很古怪。
「感謝您撥出寶貴的時間來見我們。我是仙波工藝社社長，仙波友之。」
「社長……？」
見了遞上來的名片，田沼時矢凝視著對方的臉龐，啞然無語。
「你就是社長……」
「沒錯。感謝您這陣子對敝公司的關心。」
「你是指——收購的事？」
「對，沒錯。」
友之毫無忸怩之色，反而露出了笑臉：「雖然無法配合您的期待，不過透過這次的事，我才知道您對敝公司的活動有多麼了解。謝謝。」
「哦，是嗎？」
田沼投以不懷好意的視線。「拒絕我的提議，居然還敢厚著臉皮來申請採訪？」
說出的話也是句句帶刺。

「正好相反。」

友之說道：「正因為您提出收購案，才會有今天的採訪。」

「什麼意思？」

「由我來說明吧！敝姓半澤，是東京中央銀行大阪西分行的融資課長。」

「融資課長……？」

田沼之所以皺起眉頭，想必是因為曾從寶田口中聽聞收購交涉的經過吧！

「前幾天我交給敝行業務統括部長寶田的照片，您應該看過了吧！就是〈阿萊基諾與皮耶洛〉的塗鴉。」

「嗯，是啊！」

田沼含糊地回答，用手勢示意兩人坐到沙發上，自己則是往對側的椅子坐了下來。「所以呢？」

「您知道那是誰畫的塗鴉了嗎？」

「誰曉得？」田沼只答了這句話。

「您不知道？」

「我怎麼會知道？」

田沼露出不快的笑容，用充滿戒心的眼神望著半澤。

「是嗎？我這就為您說明。」

半澤從行李箱中拿出了同樣的照片。「從前，仙波工藝社的大樓是由堂島商店這家公司所有，有兩位立志當畫家的有為青年在那兒工作；一位是田沼先生也很熟悉的仁科讓，另一位是名叫佐伯陽彥的畫家。您應該也已經知道佐伯陽彥先生了吧？」

半澤凝視著轉向一旁田沼，繼續說道：「這幅〈阿萊基諾與皮耶洛〉乍看之下，像是仁科讓的作品；不過仔細一看，這裡——」

半澤指著照片的某一點。「卻有作畫者的簽名，H. SAEKI，換句話說，就是佐伯陽彥。早在日後留學巴黎的仁科讓發表〈阿萊基諾與皮耶洛〉的三年前，佐伯陽彥就畫出了擁有相同世界觀、令人一目了然的普普風塗鴉。仁科讓所畫的〈阿萊基諾與皮耶洛〉，其實是模仿從前的同事佐伯陽彥的原創作品而來的——說得更直接一點，就是抄襲。」

「你怎麼知道？」

田沼用惱怒的口吻說道：「說不定當時仁科讓就有〈阿萊基諾與皮耶洛〉的構想了，塗鴉是他畫的，那個叫佐伯的人只是出於好玩，在旁邊簽名而已。仁科讓的〈阿萊基諾與皮耶洛〉可是舉世聞名的現代藝術傑作啊！」

「您說得沒錯。」半澤承認：「所以才是個問題。」

田沼頻頻換邊蹺腳，試圖掩飾內心的不安。然而，他並沒有制止半澤說下去，因為他自己對於下文也有興趣。

「現在仁科讓作品有多受歡迎、多具價值，最清楚的就是身為世界知名仁科讓作品收藏家的田沼先生您自己。不過，要是大家知道獨具特色的〈阿萊基諾與皮耶洛〉只是抄襲某人的作品，並非仁科自己原創，不知會對他的畫作估算價值產生多大的影響。聽說您的仁科讓收藏品總價不下五百億，到時價值或許會砍半，甚至下跌至三分之一。為了維護估算價值，必須消除抄襲的痕跡。您之所以向仙波工藝社提出收購，就是出於這個緣故吧？」

「光憑一個塗鴉，真虧你能胡謅出這一大篇故事來。」

田沼不肯承認。

「就為了這種事，特地謊稱採訪來見我？這可是個大問題啊！你做好覺悟了吧？」

「佐伯陽彥先生是丹波篠山的酒廠次男，在二十幾年前過世了。那家酒廠現在依然珍藏著佐伯先生的畫作。」

半澤又遞出另一張在佐伯造酒拍下的照片，是年輕時的佐伯陽彥所畫的〈阿萊基諾與皮耶洛〉。有別於牆壁上的塗鴉，這幅上了色的畫和日後的仁科讓作品一模一樣。

「這幅畫是在美大時期畫下的，就放在佐伯先生的租屋處。佐伯先生體弱多病，仁科先生常買食物去他的租屋處探望他；當時仁科先生見到這幅畫，想必受到了很大的震撼吧！而仁科先生在巴黎陷入低潮時，想起了這幅畫。仁科先生具備完美模仿佐伯作品的高度技術力與捕捉本質的洞察力。後來，〈阿萊基諾與皮耶洛〉就被當成仁科讓的作品問世了。」

田沼的表情罩上了一層陰影，暗不見底。

「對於他們倆而言，這究竟是幸或不幸，我不知道；不過，對於您這個舉世聞名的仁科讓作品收藏家而言，卻是不利的真相。於是，您利用本行的寶田，試圖收購這些留在佐伯造酒裡的畫。」

「可以問一個問題嗎？我是怎麼知道這些事的？」

田沼問道。

「應該是透過遺書吧！」

代替半澤回答的是友之。「有傳聞說仁科讓過世的時候，給親朋好友留下了遺書；而其中一封就是留給您這位重要客戶兼贊助商，沒錯吧？」

田沼沒有回答。

「佐伯造酒的收購交涉在家屬的反對之下，進行得並不順利。」

半澤繼續說道：

「然而，直到最近，你們才知道家屬仍然留著仁科讓與佐伯陽彥的來往書信，並因此察覺了另一幅〈阿萊基諾與皮耶洛〉的存在，就是沉睡在仙波工藝社地下倉庫裡的塗鴉。收購佐伯造酒裡的畫作和信件的事已經快談妥了，對於試圖掩蓋真相的你們而言，最後的任務就是掩藏這幅塗鴉，所以田沼先生，您祭出了一招，就是收購仙波工藝社，沒錯吧？」

面對半澤的詢問，田沼依然沒有回答。

他虛脫地倚坐在沙發上，視線往地毯垂落。

不久後，他吐出口的——

「你們有什麼目的？」

是這個自暴自棄的問題。「你們總不會是來說明真相的吧？這種事用不著特地來跟我說明，直接寫進《美好年代》就行了。」

「或許吧！不過，這麼做違反佐伯陽彥的遺願，對您也沒有任何好處。」

半澤說道：「我親眼確認過佐伯陽彥的畫，也看過他和仁科讓互通的信件；這段時間，我一直在想，要怎麼做才能回應他們倆留下這些紀錄之中的友情？我之所以來這裡，是為了向您提出一筆交易。」

第九章　懲戒性調職

1

「太好了，中西，能夠順利融資給仙波工藝社。幸好趕上了。」

南田舉起送來的啤酒杯，和有些悶悶不樂的中西乾杯。

「怎麼了？高興點嘛！」

說著，前輩本多拍了拍他的肩膀。「情況原本很危急，居然被你一舉逆轉，真有你的。跌破了大家的眼鏡。」

「不，不是我，是課長的功勞。」

中西否認，「話說回來，我實在搞不懂。」隨即又歪頭納悶：

「本來那麼反對的淺野分行長突然打電話給融資部，說服他們破例通過。之前他明明才剛把課長叫去臭罵一頓，到底發生了什麼事？」

「的確，我也覺得好神奇。課長到底說了什麼？」本多問道。

「課長說沒什麼。」

中西歪起頭來。

「可是，我覺得不可能沒什麼。分行長室裡一定發生了什麼事。您知道嗎？南田課長代理。」

「詳情我也不清楚。」

南田靜靜地說道，對著凝視自己的部下們嘆了口氣。

「連課長代理也不知道？居然瞞著我們，課長真不夠意思。」

本多一臉不滿。「不是的。」南田繼續說道：「不跟我們說，應該是為了保護我們。」

「保護我們……？」

中西喃喃說道：「什麼意思？」

「欸，中西，還有你們也要謹記在心，銀行員是種一旦知情就會產生責任的行業，所以有些事最好別知道。課長為了保護我們，才一肩挑起髒工作。」

「課長到底在對抗什麼？」

中西按捺不住，如此問道。「要讓淺野分行長的態度出現一百八十度大轉變，如果不是權力遊戲玩得很高竿，應該辦不到吧？」

「詳情我也不清楚，可能是出了某種把總部高官也一起扯下水的招數吧！」

「這麼一提，今天課長跑去哪裡了？」

本多突然想起來，如此問道。「難得課長會缺席課內的聚餐。」

「說來不巧，立賣堀製鐵的本居會長邀他吃飯，他要我代替他向大家致意。還有，他把軍費也交給我保管了。」

南田從胸袋中拿出一萬圓鈔票，引來全場沸騰；然而，他的表情又突然黯淡下來。

「怎麼了？」

在本多的詢問之下，南田露出了猶疑之色，「哎，還是跟你們說吧！」接著才又繼續說道：「老實說，我在人事部裡的熟人偷偷通知我，說課長或許會異動。」

「半澤課長上任還不到四個月耶！」

中西一臉驚訝地說道：「有這麼快就異動的嗎？」

「是不是和拒絕仙波工藝社的收購案有關？」

本多略帶顧慮地問道，中西也猛然抬起頭來。南田繼續說道：

「將M&A定為將來的重點項目，是岸本行長的方針。這次的全行會議行長似乎也打算親自出席，激勵大家。業務統括部認為這次收購失敗的原因是出於半澤課長的不合作，換句話說，就是違背了行長的方針；若是對這樣的個案置之不理，在企業管治上會產生重大影響，所以強烈要求人事部必須做出適當的處置。」

南田露出了凝重的表情。

「這麼說來，課長的異動是——」

「等於是懲戒性調職。」

南田擠出了這句話。

「這根本是欲加之罪嘛！」中西抗議：「拒絕收購，只不過是遵從仙波工藝社的意願而已。為了促成收購而刁難融資的總部做法問題才大吧！」

「這就是所謂的組織邏輯。」

南田說道：「這次，總部強推收購案的做法確實太過分了，但是他們有行長方針這面大旗，而淺野分行長也搭上了他們的便車。唯一一個為客戶挺身而出的半澤課長反而可能被烙上違逆組織方針的烙印。」

「那我也是同罪啊！」

中西說道：「難道課長要默默接受嗎？」

「不知道。」

南田臉上浮現的是上班族獨有的憂愁之色。

「不過，別擔心，你不會被追究任何責任的。」

「為什麼？」

中西詢問。

「因為半澤課長絕對會保護你，這一點我可以保證。半澤課長絕不會為了扭曲的組織邏輯而傷害部下，他就是這樣的人。」

「敵人多，朋友也多——總部的人是這樣形容半澤課長的。」

本多說道。

「不過，朋友全都是理念相同的人。」

「用骯髒手段強推收購的人不會被追究任何責任，實在太沒天理了，我無法接受。」

中西憤然瞪著南田。

「我也無法接受啊！可是，我們是上班族。以後你也會透過這類經驗，漸漸地學會處世之道。」

對於部下，南田能說的只有這些。「半澤課長面臨九死一生的困境時是怎麼應對的，你們就用自己的眼睛好好看清楚吧！」

2

「話說回來，沒想到會變成這樣。」

和泉滿臉懊惱，咬牙切齒。「這次的失敗實在太讓人痛心疾首了。淺野怎麼會讓仙波工藝社的簽呈通過？跟我們講好的不一樣啊！明明再等幾天，仙波工藝社就會主動揮白旗了。」

「淺野屈服了。」

寶田空虛的聲音在只有兩人的等候室裡迴盪。和泉露出了驚訝之色，隨即又轉變為詫異之色。

「屈服……？」

和泉反芻這句話。「為什麼？總不會是被半澤說服了吧！」

「算不上是說服，應該叫——威脅。」

寶田瞥了手錶一眼。距離與田沼的面談時間還有近十分鐘的空檔。「在調查委員會，我不是幫忙掩蓋那傢伙勤跑高爾夫練習場的事嗎？半澤不知道從哪裡得到這個情報，抓住這點威脅。」

「又是半澤。」

和泉說道，恨恨地咬緊牙關。他的臉色之所以發青，是因為他知道事情的嚴重性。「這件事要是曝光，連我們的立場都岌岌可危，沒問題嗎？」

「那個人是違抗行長經營方針的叛徒，能有什麼本事？」

寶田瞪著空氣。「淺野也真夠蠢的，就算半澤緊咬調查委員會的報告，又能怎麼樣？多的是擺平的辦法。」

怒火在寶田的眼底搖曳，和泉心知那並非是針對淺野，而是針對半澤。

「半澤肯就這樣善罷干休嗎？」和泉不安地說道。

「這件事你聽了以後別說出去。」寶田壓低聲音說道：「我已經先下手為強，找上了人事部。無論那傢伙主張什麼，一旦被調離那個職位，就只是狗吠火車。我要求人事部將違背行長旨意的融資課長立刻調走。」

「人事部怎麼說？」

「他們說會馬上進行內部討論，盡快處理。」

「杉田會採取行動嗎？」

人事部長杉田素有「銀行良心」之稱，以從不結黨營私、對於任何事都秉持公正態度而聞名。

「我已經請田所常務去跟杉田施壓了。」

「田所常務？」

和泉望著寶田，難掩驚訝之色。田所是管理包含人事在內的所有行政事務的常務董事，等於是人事部長的上司。

「聽了詳情以後，田所先生火冒三丈，說半澤居然敢違抗行長方針，實在太不像話了。他應該已經交代杉田嚴懲半澤了。」

「這下子杉田就不得不行動了。」

「他也到了關心下一個職位的時候了。是要爬上經營階層？還是下放？全都取決於田所常務的意向。」

「原來如此，太好了。」

和泉露出可恨的笑容，說道：「這下子半澤就玩完了。搞不好收購案也會死灰復燃。」

「但願如此。」

仙波工藝社的收購案觸礁，今天兩人來到這裡的目的，就是設法討好田沼，留住他的心。

此時，敲門聲響起，祕書探出頭來。

「久等了，田沼要見兩位。請。」

兩人起身，在祕書的帶領之下走向社長室。

「社長，這次的收購案因為對方的因素，沒能幫上忙，真的很抱歉。」

寶田深深地低頭謝罪，維持這個角度，好一陣子動也不動。身旁的和泉也依樣畫葫蘆，靜靜地呼吸社長室裡的緊繃空氣。

然而——

「哦，這件事就算了。」

田沼發出了出人意料的一語，令兩人大吃一驚。「我不想收購仙波工藝社了。」

寶田愣在原地，和泉也目瞪口呆。

「可是，社長，我們已經交涉很久了，仙波工藝社今後視狀況而定，或許會答應收購。請別死心，靜待時機到來吧！」

和泉柔聲進言。

「我不是說過我不想收購了嗎？別再提了。」

面對田沼的反常態度，寶田露出了不解的眼神。

這個男人向來是為達目的，不擇手段；利用金錢，利用地位，執拗地追求慾望。這才是田沼時矢這個男人的本色。
「寶田先生——」
田沼突然對一臉詫異的寶田提出問題。
「老實說，現在的我已經山窮水盡了。你有什麼想法？」
這是個出人意表的問題。「交給你們沒問題嗎？在這種狀況之下，你們有什麼打破僵局的方法嗎？我想知道，希望你們提個方案給我。」
「我現在正在多管齊下進行中。」寶田打馬虎眼。
「多管齊下？什麼時候才會有結果？美術館的買主找到了嗎？別的先不說，你的做法真的行得通嗎？」
面對接二連三的問題，寶田倏然狐疑起來。
這一天的田沼似乎與平時不太一樣。
雖然覺得事有蹊蹺，卻看不透是怎麼一回事；這種不對勁的感覺令寶田坐立難安。
「社長，請相信我們。」
寶田悄悄地窺探田沼的表情，說道：「我們會為了傑寇粉身碎骨，全力以赴，一定會滿足您的期待。」

然而——

「說的比唱的好聽。」

田沼冷冷地說道：「我追求的是結果，懂嗎？如果你們有這等實力，就證明給我看。不然——」

敲門聲響起，打斷了田沼關鍵性的話語。

「社長，時間到了。」

祕書探出頭來說道。「哎，算了。」田沼站了起來，結束了面談。

只留下模稜兩可的感觸。

「今天的田沼社長好像和平時不太一樣。」

和泉一走進電梯，便如此說道。「你知道原因嗎？」

「完全不知道。」

寶田凝視著某一點，搖了搖頭。

「別放在心上，一切都很順利。」

寶田瞪著映在擦得亮晶晶的電梯牆上的自己。這句話不像是對著和泉說的，倒像是在說給自己聽。

電梯轉眼間便抵達一樓入口大廳，將兩人吐出大樓。涼颼颼的晚秋空氣包圍了兩個銀行家。

3

「明天你的人事異動就會內定了。」

渡真利並未看著半澤，而是筆直地朝向前方。他那張嚴肅的側臉正好說明了狀況有多麼嚴重。

這是他們進入十二月以來頭一次在「福笑」聚餐。這個季節的寒鰤最為可口。

「所以呢？我會被調到哪裡去？」

半澤的口吻十分灑脫，似乎沒把人事異動放在眼裡，一副沒什麼大不了的模樣。

「人事部安排的是你的故鄉。」

是金澤。

「金澤分行的話倒還不壞。」

「不，是金澤分行的客戶。」

原來是外派。

「明天人事部就會進行內部討論，建請人事部長杉田先生裁決。饒是杉田先生，這回也被寶田用圍堵戰法給擺平了。」

「圍堵戰法？」

半澤笑道：「是指使淺野指控我沒能力，妨礙業績成長嗎？」

「如果只是這樣倒還好。」

渡真利說道：「聽好了，現在的你是無視行長方針、擾亂企業管治的叛亂分子。田所常務氣得火冒三丈。這是寶田精心設計的戰略。」

「以寶田而言，算是高招了。」

半澤抖動肩膀笑了起來，渡真利板起臉孔。

「你還有心情笑？」

「如果杉田先生判斷過後，要我外派，我會開開心心地接受。」

半澤說道。「這種愚蠢的組織沒有什麼好留戀的，不如到新地方開拓自己的人生。」

「別說傻話了，這個組織需要你。」

渡真利的語氣多了平時沒有的急切之色。

「你敢說別人不敢說的話，做別人不敢做的事。你知道這對我們這些同期入行的人來說，是多大的鼓舞嗎？因為有你在，我們才能對這個組織抱持希望。」

「沒想到你這麼看重我。」

半澤收起笑容，筆直地望著前方。「不過，一旦失去自我淨化作用，組織就完蛋了。這次被考驗的不是我，而是東京中央銀行這個組織。」

4

「你來啦？多謝。」

說著，竹清老先生環顧周圍，尋找熟面孔。「今天只有半澤先生一個人？」

「對。在這裡打掃，彷彿連心靈都跟著變乾淨了一樣，能夠帶給我平靜。」

「是嗎？我也有同樣的感覺。」

竹清老先生說道，用脖子上的毛巾擦拭額頭，望著一大清早靜悄悄的土佐稻荷神社境內。

「休息一下吧！」

竹清老先生與半澤在旁邊的石階上並肩坐了下來，喝了口自己帶來的熱水壺裡的茶，凝視著遠方，娓娓道來：

「我出生在貧窮人家，勉強讀完高中以後，就去一家小型鐵工廠工作；在我工作的第十個年頭，那家工廠倒了，我差點成了無業遊民，後來在客戶的鼓勵之下，開了家鐵工廠，之後就是拚命工作，不知不覺間，就到了花甲之年。這個時候，我才察覺自己只顧著把事業做大，從來沒想過貢獻地方或是志願服務之類的事。我雖然賺了不少錢，可是回頭想想，人生卻過得很寂寞。」

竹清老先生感慨良多地說起往事。在半澤看來，他的側臉有股此生無憾之人獨有的從容感。「所以我決定以後不為公司，而是要為社會而活。後來，我成了這裡的氏子，和地方上的人交流，思考能為這些人做什麼事。這麼做讓我的心靈多了股過去沒有的充實感。不為自己，而是為了別人做事，是種用錢也買不到的幸福。你開始出席祭典委員會以後，我聽其他人說，你為了幫助仙波先生，不惜和銀行槓上，真的很了不起。為了自己的成績而做事是理所當然的，但是即使對自己的成績沒有幫助，搞不好還會讓自己在公司裡沒有容身之處，還是肯為了客戶挺身而出，這可就不容易了。」

「我沒有那麼了不起。」

半澤俯視腳邊，露出含蓄的笑容。「我只是盡我的本分而已。仙波先生都明白表示不願意了，還要強渡關山，這種做法才有問題。」

「這些話是與客戶交心的人才說得出來的。」

竹清老先生評論道：「這年頭的銀行員都是些看內不看外的人，只要是公司的方針或上司的指示，就算是錯的，也照單全收。不過，你不一樣。你本身就是個值得信賴的人，與你是不是銀行員無關。所以，我才會找你商量醞釀很久的構想，而你也達成了我的希望。這下子我死而無憾啦！」

竹清老先生半開玩笑地說道，令半澤惶恐不已。

「是本居會長一路關照我。其實我今天過來，就是為了跟您道謝。」

「聽說你可能會異動？」

不知道是從哪裡聽來的？竹清老先生的消息居然如此靈通。半澤有些驚訝地轉向他。

「我很想幫你的忙，不過我們的能力有限，無法改變銀行的人事。」

「您有這份心意就足夠了。」

半澤鄭重地道謝。「我不知道會由誰接任。為防萬一，我想把之後的事託付給南田，可以嗎？我還沒跟他說過那件事，他應該會很驚訝吧！」

「你真的打算乖乖調職嗎？」

竹清老先生不可置信地說道：「銀行真是種奇怪的組織。像你這樣的人才，待在銀行反倒是浪費了。」

「是您過獎了。不過，我也是這個組織的一分子，已經做好最壞的打算了。」

半澤回答，仰望萬里無雲的清澈天空。

這是個凜冽的冬晨。

5

中西仰望過了十點的時鐘指針，嘆了今早以來的不知第幾口氣。

辦公桌上的是正在製作的文件，可是一點進展也沒有。坐在背後的本多等人也一樣，大家都沒有外出，而是待在自己的座位上，可說是相當罕見的光景。

「大家今天怎麼了？」

察覺此事的半澤一臉詫異地問道，坐在前頭的南田站了起來。

「對不起。」他道了聲歉。「是我太多嘴了。」

「多嘴？」

南田用嚴肅的眼神望著半澤。

「聽說今天上午，人事部要召開內部會議，討論課長的——」

「哦，原來你們是在擔心這件事啊！」

半澤連手上的筆也沒放下來。「別擔心，船到橋頭自然直。」說著，他的視線再度垂落至看到一半的文件上。

「怎麼可能不擔心？」

聽到半澤的聲音，中西按捺不住，快步走來。「為什麼半澤課長要被調走？我完全無法接受。仙波工藝社的收購案本來就是大阪營總強推的，卻——」

「喂喂喂！」

半澤啼笑皆非地說道，抬頭望著聚集到自己座位前方的部下們。「不合理的事通常有內幕。他們會覺得我礙事，正是因為背後有不為人知的內情。」

「是什麼內情，課長知道嗎？」中西詢問。

「再過不久，大家就會知道了。」

半澤沒有多說。

「您有向人事部說明嗎？課長。」

中西皺起眉頭，滿臉擔心。

「沒有。」半澤搖了搖頭。「不需要說明。」

「這樣對課長不是很不利嗎？」

「如果我因此被調職，就代表東京中央銀行的程度不過爾爾。別管我的事了，快工作、快工作。」

在半澤的催促之下，大家不情不願地回到自己的座位。

「但願別發生讓這些年輕人喪失幹勁的事。」

南田望著他們的背影說道，又將不安的雙眼轉向半澤。「課長，要是有任何動靜，請馬上通知我。對了，那是？」

南田看到半澤桌上有個護身符，如此問道。「是土佐稻荷神社的嗎？」

「今天早上和竹清老先生見面的時候，他送給我的，還要我事後告訴他在人事方面靈不靈驗。」

「這個玩笑真不好笑。」

半澤笑了一笑，並未回答，視線再度垂落至攤開的文件上。

6

人事部長杉田是在上午十點前進入會議室的。

成員都已經到齊了。

除了負責這件案子的人事部副部長野島、次長小木曾和關西地區調查役增川以外，業務統括部派來的M&A促進事務次長江村也參加了會議，但他並不是這個會議的正式成員，而是前來說明案情的。江村素來以辯才無礙聞名，是寶田派來強行通過業務統括部意見的刺客。

「雖然還有一點時間，不過既然大家都到齊了，就開始吧！」

主持人小木曾宣布，立即帶入了正題。

「業務統括部指出大阪西分行融資課長半澤直樹有重大問題，今天我們要針對他的處置進行判斷。首先，請江村次長重新說明本案。」

「那麼我就開始說明了。」

江村拿著資料站了起來，他的聲音在並不算寬敞的會議室中顯得格外響亮。「誠如各位所知，本部門基於行長方針，舉全行之力推動M&A；在這當中，大阪西分行承接了本行關係企業傑寇委託的收購案。大阪西分行原本該積極推動此案，但是承辦人半澤課長卻表現出不合作的態度，導致成功在望的案子破局。不久前，該行才剛發生客戶大量出走的醜聞，甚至為此設立了調查委員會，可說是記憶猶新；這一連串的問題都與半澤課長有重大關係，若是置之不理，不只該行業績將會顯著惡化，還會損及與客戶之間的信賴關係，留下將來的禍根。為了避免這樣的事態發生，應當盡快將半澤直樹調離現職，派任適當人才。現在立刻採取行動的話，還來得及挽救大阪西分行的本年度業績。寶田要我懇請人事部的各位同仁做出明智的判斷。為了彌補本行管治上的疏漏，重整陣腳，也請杉田部長務必當機立斷。」

「關於剛才提到的調查委員會，我補充說明一下。」

小木曾接過話頭。「當時我也是調查委員之一。半澤明明出席了客戶的會議，卻誤判狀況，導致客戶大量出走。雖然最後事情在全分行竭力賠罪之下平安落幕，但我只能說他顯然欠缺作為融資課長的資質。根據淺野分行長的說法，客戶對他的評價也很差，分行長為此相當頭大。」

對於小木曾的掩護，江村一臉滿意。

「如何?部長。」

閉目盤臂的杉田在小木曾的徵詢之下終於睜開了眼睛，掃視在場的所有同仁。

「有人持反對意見嗎?」

不久後，他提出這個問題，但是沒有人回答。「怎麼，大家都贊成這樁人事案嗎?」

杉田說道，看著手邊的人事案相關資料；片刻過後，他微微地嘆了口氣，將資料放回桌上。

「關於本案，不知道從哪兒聽到消息的田所常務向我表達過意見，他認為違反行長方針不可饒恕，該給予嚴厲的懲罰。」

聽到田所兩字，江村和小木曾同時露出了賊笑。「如果剛才的報告屬實，我也不反對這麼做。」

「那就決定將半澤調離大阪西分行融資課長的職位囉？」

小木曾立刻提案。「我已經列出適合這個職位的人選名單了。另外，關於半澤的處置，目前正考慮將他外派到金澤分行的客戶，不動產業者加賀房地產。目前外派該公司的人員即將退休，我正透過金澤分行徵詢客戶的意見。」

「喂，小木曾，用不著急著給半澤烙下不及格的烙印吧！」

杉田這句話讓小木曾有些慌張。

「可是，部長，業務統括部和淺野分行長對於半澤都抱持相同意見——」

「我知道他們意見相同，但是我想知道的是你們的報告是否屬實。」杉田提出質疑。「至少在之前的調查委員會報告書上，並沒有指稱是半澤的錯。你們彙整的報告書上寫的是客戶過於情緒化，小題大作。那種說法才是正確的？」

「啊，呃，這是因為——」

被挑出矛盾之處，小木曾慌了手腳。「站在調查委員會的立場，我們希望給半澤一個改過自新的機會，所以決定大事化小，小事化無。」

「所以你們提出了有違事實的報告？這樣設立調查委員會還有什麼意義？」

面對杉田的斥責，小木曾咬住了嘴脣。

「欸，江村。」

這回杉田把視線轉向江村。

「你說半澤對於收購案展現出不合作的態度，實際上，被收購方是贊成收購的嗎？」

「當然。」

江村再次起立，滔滔不絕地答辯，似乎早已預想到這個問題了。「收購對象是一家叫做仙波工藝社的出版社，社長曾經明白表示會積極考慮收購案。實際上，該公司的業績一路下滑，如果答應收購，就可以輕易重振業績。本來該輔佐社長，導向正確的結論，最後居然演變成收購破局，顯然是融資課長的過失。」

「當事人是真的抱持積極的態度嗎？」杉田詢問。

「對於氣若游絲的公司而言，這是筆求之不得的生意。」

「不過，分行還有分行長和副分行長在啊！如果社長是持積極態度，為什麼談不成？假如真的如你所言，收購案應該會成立才是。」

「問題就在這裡。」

江村一副正合我意的模樣，繼續說道：「本部門認為仙波社長對於收購轉趨消極的經過，正是問題所在。照理說，融資承辦人該強力說服社長才對。」

「是嗎？」

杉田提出質疑。

「決定接受收購與否的不是我們，而是客戶吧！經營者永遠在思考哪條路才是最佳道路。無論半澤如何說明，經營者最後決定拒絕收購，我們就該尊重他的經營判斷。你們看起來像是事情不如己意，就把錯推到半澤身上。不是嗎？」

「話是這麼說，但是這樣是無法提升業績的。」

杉田的銳利目光射穿了如此反駁的江村。他拿出一個有別於手邊資料的信封，緩緩地抽出裡頭的信件。

「這是昨天大阪西分行的客戶立賣堀製鐵的本居會長寫給我的親筆信，信中說半澤幫了他很多忙，是個了不起的男人；本居會長認識的許多經營者也都相當肯定半澤的工作能力，信任半澤的為人。和你們的看法完全不同啊！小木曾。」

「呃，這是因為——」

小木曾連忙找藉口，但是杉田的話還沒說完。

「而這一封是仙波工藝社社長仙波友之先生的來信。」

「他、他們怎麼會寄信給部長——」

小木曾驚慌失措地問道。

「好像是大阪西分行的行員擔心半澤，所以去拜託本居會長和仙波社長設法保護半澤。仙波社長的信裡鉅細靡遺地描述了收購案的提出與交涉經過。多虧了這封信，我才敢肯定。江村，你單方面認定的內容是在扭曲事實。」

江村一臉尷尬地沉默下來，低下了頭。

「上班族的人生取決於人事，所以人事必須保持公正。」

杉田展現了長年遊走人事領域的銀行家所具備的見識。「你們今天給我看的資料和證詞，老實說，都是模稜兩可，缺乏可信度。如果為了草率的理由而剝奪正當行員的人生，東京中央銀行這個組織就會逐漸腐敗。你們不在乎嗎？我身為人事部長，絕不做這種事——還有……」

杉田對著江村說道：「希望你們以後別再利用人事部玩行內政治。沒事了吧？」

說著，杉田就要起身。

「請等一下。」

江村仍不死心。

「田所常務的意向該怎麼辦？剛才您說過，他希望嚴懲半澤。」

「我會跟常務說明。既然你都這麼說了，我也要說句話，江村。」杉田說道：「你們老是做這種膚淺的事，才會被審查部時代的半澤一再駁倒。其他的事我不過問，但是我希望你們能夠好好反省。替我這樣轉告寶田先生。」

杉田的語氣雖然平靜，卻透露出內心熊熊燃燒的怒意。

江村為之震懾，吞下了話語，再也無法反駁。

「本案到此結束。」

在場眾人都一臉尷尬地沉默下來。杉田離席之後，被扭曲的事實彷彿化為殘骸，散落一地。寶田的奸計完全被識破了。

7

那通電話是在上午十一點前打到半澤的分機的。

「喂，我是半澤。」

部下們似乎也察覺那是總部打來的內線電話，全都停下手邊的工作，轉過頭來，豎耳聆聽半澤說話。

「杉田先生否決了，異動案不成立。」

聽了渡真利的情報——

「是嗎？真遺憾。」

半澤若無其事地回答。

「別開玩笑了，這次真的很驚險。」

「應該是土佐稻荷神社在保佑我，我得去跟本居會長道謝。」

中西握住拳頭，本多也對著半澤拍手，南田則是如釋重負地吐了口長長的氣。

「半澤直樹求神拜佛？世界末日快到啦！」

渡真利好氣又好笑地說道：「總之，這次是銀行良心救了你，就是這麼回事。詳情下次再說了。」

簡短的通話就這麼掛斷了。

「沒有行動？」

接獲江村通知的寶田狠狠地彈了下舌頭，站了起來，表情越來越僵硬。

「杉田拒絕我們部門的請求？」

對於自詡長年活躍於營業最前線的寶田而言，人事部永遠是一群惹人厭的傢伙。苦差事都丟給別人做，以替日日奮戰的行員打分數為樂的內務官僚。這些連一毛錢都賺不到的傢伙居然敢拒絕營業最前線的強烈請求——

「簡直是豈有此理！」寶田怒吼：「被那些只會紙上談兵的內務官僚把持的組織，沒一個像樣的。」

「小木曾次長和我已經說明了該把半澤調職的理由。」

江村轉述與杉田之間的對話，寶田突然拿起桌上的文件，用力揉成一團，扔向半空中。江村縮起身子，寶田則是靜靜地抖動肩膀喘氣。

「媽的，混蛋杉田，給我走著瞧。」

寶田咒罵道。「進行全行會議的準備。」他瞪著房間角落，如此下令。

「大阪西分行的簡報要怎麼辦？收購案已經破局了，是否該向岸本行長說明——」

「不需要變更。」

寶田斷然說道：「讓他們發表。既然人事部不行動，就由我來教訓半澤，在行長面前揭穿那傢伙有多麼無能，讓重要的收購案從手裡溜走。」

寶田坐起身子，下令：「人事部不做，就由業務統括部來做。這次的全行會議就是將那個可恨的半澤公開處刑的場合。懂了嗎？」

江村簡短答話過後，就自行退下了。待他的背影一消失，寶田便靠著椅背，露出了陰沉的笑容。

終章　想成為阿萊基諾的男人

1

「業務統括部好像因為人事案被打回票而氣得直跳腳。你要小心點，半澤。」

「福笑」的吧檯前，渡真利一面用筷子夾起開胃菜醬油拌櫻花蝦，一面說道。

「就算要我小心，我也不知道該怎麼小心。又不是有個『小心落石』的看板擺在那兒。」

半澤靜靜地喝著燒酒，牌子是他平時常喝的「駝場火振」。

「不，你當然知道該怎麼小心，就是這次的全行會議。這個會議分行長和融資課長都得出席，聽說寶田已經蓄勢待發了。」

「哦！」

半澤說道，彷彿事不關己。「真是辛苦他了。」

「你這小子真是的。你知道我們這些身邊的人有多麼擔心你嗎？」

「我很感謝你們。」

聽了半澤的回答，「就這樣？」渡真利不滿地說道：

「這次是杉田先生救了你。如果人事部長不是杉田先生，你現在就在金澤的中小企業裡整理發票了。」

「我很擅長這類工作。」

「不是這個問題吧！」渡真利斥責半澤：「發票誰都能整理，可是有些工作只有你才能做。」

說完，渡真利降低音量，繼續說道：

「偷偷告訴你，業務統括部都在說這次的全行會議是你的公開處刑場。」

「哦？是要給我上火刑嗎？」

「至少會讓你變火球，而且是當著行長和全行代表的面。」

渡真利壓抑聲音，用可怕的語氣說道：「寶田似乎打算堅稱是你的消極態度造成問題——別插嘴，聽我說。」

渡真利制止了打算反駁的半澤。

「我知道你有你的說法，仙波工藝社的社長對收購不感興趣之類的。不過，你覺得這種瑣碎的藉口對岸本行長管用嗎？岸本先生是個重視實績的人，他沒那個閒工夫去聽拿不出實績的理由。這一點你應該也知道吧？」

「是啊！」半澤將矮杯送到嘴邊。

「既然如此……」

渡真利用嚴肅的口吻繼續說道：

「你就該想出一套邏輯，向岸本行長說明這次的事態，把傷害降到最低。光是一句『這樁M&A打從一開始就沒希望』，可是會被生吞活剝的。全行會議我也得出席，我可不想看到你在眾人環視之下被烈火燒身的模樣。想個辦法吧！半澤。」

渡真利心急如焚，低聲叫道。

「欸，全行會議是做什麼的？」

當天晚上，花一等到半澤回家，便如此詢問。

「妳是怎麼知道的？」

半澤大吃一驚，忍不住停下了鬆開領帶的手。花對於銀行的工作向來漠不關心，從來沒問過這樣的問題。

「員工住宅裡的人都在竊竊私語，說你在這次的全行會議上會死得很難看。就連友坂太太都這麼說。」

花和友坂家走得很近，因為她和友坂太太都沒當過銀行員。銀行員的妻子絕大多數都是前銀行員。

「那是召集全國分行長與承辦課長舉辦的會議，意思就跟業績發表會差不多。」

半澤回答，但是花似乎無法接受。

「你到底做了什麼事？」

花用責難的語氣問道。

「沒有啊！」

「沒有怎麼會死得很難看？就是捅了什麼漏子才會變成這樣吧？」

花似乎在懷疑半澤的過失。

「真的沒有。捅漏子的不是我，是對方。」

「對方是誰？」

「業務統括部長寶田。」

「沒問題吧？」花的臉色變了。

「誰曉得？」

半澤一反常態，含糊其詞。

「不過，以你的性子，至少你是在做對的事吧？」

花的眼眸搖曳著不安之色。

「在銀行這種地方，對的事不見得是對的。」

「沒這回事，無論在任何時候，對就是對，錯就是錯。」

「但願如此。」

花對鬆開領帶的半澤說道：

「我不是銀行的人，不清楚狀況。不過，直樹，你絕不能輸。不只是為了你自己，也是為了我和隆博。」

半澤露出平靜的笑容，微微地點了點頭。

2

東京中央銀行約四百家分行的分行長與承辦課長，再加上總部的主要部門主管齊聚一堂的全行會議，是確認銀行整體業績資訊與分針的重大會議。

這個會議是在十二月中旬的週末舉辦的。

會議自上午九點開始，中途突然起了一陣騷動；因為某個男人從前方的門走了進來。

那就是岸本真治，東京中央銀行行長本人。

在高階主管的恭迎之下，岸本坐上了事先備好的椅子，開始瀏覽遞來的資料。

「雖然議程才進行到一半，現在想請岸本行長為我們訓示幾句話。行長，麻煩您了。」

口若懸河地擔任司儀的，是業務統括部的江村。

在眾人屏氣凝神守候之間，岸本緩緩地走上講台，對著注視自己的行員們說道：

「今天非常感謝大家在工作之餘，從全國各據點齊聚一堂，辛苦了。不過，大家特地抽空前來，如果只是唸唸業務統括部準備的資料數據，浪費時間，就沒有意義了。既然來了，我希望各位能夠深入探討各分行的經營課題，進而找出對策，不然可就浪費了車馬費。」

他似乎是在說笑，但現場並不是能夠放聲大笑的氣氛。

岸本長年待在營業總部，一貫秉持實績優先的現場主義，任何敷衍推託都對他不管用。如果找藉口，就會被他一一戳破，受到毫不容情的斥責。

對於岸本而言，盡忠職守是本分，只有實績才是值得肯定的。就這層意義而言，他是個淺顯易懂的能力主義者；但相對地，對於拿不出實績的人，他會不容分說、冷酷無情地烙上無能的烙印。在岸本的字典裡，沒有其情可憫四個字。

「喂，半澤，你真的沒問題吧？」

岸本才剛訓示完畢，走下講台，坐在身旁的淺野便立即怯生生地小聲問道。

「只好做好被圍剿的心理準備就好，反正不會更糟了。」

「別開玩笑了，你要在全國的分行長面前丟我的臉嗎？」

「如果只是丟個臉就能了事，那還算是走運了。」

聽了半澤的話語，淺野的嘴脣開始顫抖，轉眼間就變成了青色。

「你不是說過船到橋頭自然直嗎？」

就在半澤正要回答的時候——

「接下來要針對岸本行長視為將來主要獲利領域並定為方針的M＆A進行研究與討論。」

江村繼續推進議程。

「這次要請各地區的分行針對收購案的推展狀況進行簡報。首先請仙台分行發表推展狀況與成果。」

手邊的資料上記載的發表分行名單是仙台、丸之內、名古屋、大阪西——除了大阪西分行以外，都是經常經手M＆A業務的大都市核心分行。這些分行要找出成功案例，想必不難吧！在這之中參雜了規模相差一截的大阪西分行，縱使是岸本行長的意思，還是顯得很突兀。非但如此，在一連串光采體面的成功案例之後，壓軸的大阪西分行發表的竟然是「失敗」的收購案。

「完了……」

淺野只差沒抱住腦袋了。

「最後請大阪西分行進行簡報。」

發表順序轉眼間就輪到了大阪西分行。司儀江村的聲音透過麥克風傳來。「這椿廣受矚目的收購案在早期階段就已經做出了有望成立的評估，岸本行長也大為期待。收購對象是老牌出版社，仙波工藝社，營業額三十億圓，但是上年度赤字，本年度也持續赤字，面臨周轉不靈的危機。在這個時候出現的買主，就是田沼時矢社長率領的傑寇。」

一提到田沼和傑寇的名字，會場就沸沸揚揚。

「這椿收購案可說是仙波工藝社的及時雨，對於大阪西分行而言或許太過簡單了。在多番交涉之下，究竟結成了什麼樣的果實？這就請大阪西分行進行發表。」

九死一生的危機逼近眼前。「要上台的是淺野分行長嗎？還是——」

「由我來報告。」

「哦，是半澤課長啊！」

江村露出了不懷好意的笑容。仔細一看，坐在行長身邊的寶田也以拳頭掩口，似乎在掩飾竊笑；不遠處的渡真利則是投以祈禱的視線。

「簡報內容一定很精采，讓我們拭目以待。」

江村搧風點火。安排好的演出，預定好的結果。一切都照著寶田寫下的劇本走。

半澤拿著資料站了起來，輕輕行了一禮，筆直地走向講台。他輕快地奔上通往講台的階梯，站上等候自己的講台之後，便對著上千個注視自己的銀行家娓娓道來。

「我是大阪西分行的融資課長，半澤。在說明剛才司儀介紹的仙波工藝社收購案的詳細交涉過程之前，我先說結論——這件案子並未成立。」

寬敞的講堂裡掀起了本日最大的喧囂聲。

3

「請等一下，半澤先生。」

司儀江村插嘴：「根據本部門的資料，交涉應該是勝券在握；勝券在握的收購案居然破局，這可就有點傷腦筋了。」

「雖然您這麼說，我們從未宣稱過勝券在握。我想應該是業務統括部基於大阪營業總部的樂觀評估而做出的判斷，但我希望貴部門能夠多傾聽現場的意見。這件案子並沒有起初所想的那麼簡單。」

寶田憤然抬起頭來。這個意料之外的建議讓整個會場倒抽了一口氣。就在半澤正要繼續說下去時——

「等等。」

寶田站了起來，從江村手中接過麥克風，與半澤對峙。

「這裡不是抱怨業務統括部的場合。我看你好像誤會了，所以澄清一下，業務統括部隨時都在傾聽現場的意見。不過，大阪營總認定簡單的案子，你卻談不成，是事實吧？其實並不簡單，所以沒談成，只是掩飾自己能力不足的藉口。你完全沒有反省之心嗎？」

「如果有反省的必要，我很樂意反省。」

半澤的反駁引來了一陣譁然。「剛才江村次長聲稱仙波工藝社業績不振，周轉不靈，應該會輕易答應傑寇提出的收購。仙波工藝社是有近百年歷史的老牌出版社，現任社長仙波友之先生是第三代，他的妹妹也擔任要職，支撐著公司。的確，去年是赤字，今年截至目前也是赤字，短期業績並不理想，但是透過經營改革，有望在近期內轉虧為盈。仙波社長雖然聆聽了收購案的內容，但是從一開始就表現出否定的態度。沒錢就會賣身，是我們銀行員自以為是的想法。抱著這種想法強推M&A，等於是背叛每天努力生存的經營者。這種基本的道理，是在座所有人都該認識的。」

「結果最後交涉失敗？」

寶田咄咄逼人。

「我想對在座的所有同仁說幾句話。推動M&A，是岸本行長的願景。要替失敗找理由很容易，講些冠冕堂皇的大道理，高談理想論就行了。不過，我長年在營業第一線工作，知道這樣是無法提升業績的。瞧，大阪西分行不就讓到手的收購案溜走了嗎？毫無成果，也沒有獎勵積分，甚至還可能失去因為相信我們而把收購案交給我們處理的傑寇的信任。這就是半澤課長高談理想論帶來的結果。各位覺得這樣行嗎？這樣東京中央銀行可以戰勝其他銀行嗎？我們的競爭對手可不會說這種天真的理想論，他們會祭出更強硬的手段。我們並沒有特別得天獨厚。這裡不是談論理想的場合，而是談論現實的場合。擺出聖人君子的架子高談闊論的人立刻滾蛋！懂了沒？半澤。」

「忘記理想，被眼前的利益耍得團團轉的銀行有什麼下場，您忘了嗎？」

半澤冷冷地駁斥，現場的空氣為之凍結了。

「泡沫期的反省到哪兒去了？難道我們要重蹈覆轍嗎？罔顧實體經濟，為了賺錢而借錢，最後留給我們的只有鉅額的不良債權。各位想再次回到那個黑暗時代嗎？」

坐在牆邊的渡真利臉色發青，用眼神示意半澤別再說下去了。

「這裡不是探討經營論的場合，是交流實績的場合，別搞錯了。」

寶田插嘴說道：「在我們看來，大阪西分行的交涉能力實在太弱了。聽好了，經營者無時無刻不在迷惘，不在煩惱，有時甚至會迷失現實。仙波工藝社不就是處於這種狀態嗎？什麼樣的決定才是合理的、正確的，最了解的就是我們銀行員，不是嗎？各位。」

寶田對整個會場說道：

「沒有前途，業績也不出色。這樣的公司要生存下來，哪些選項才是可行的？當然啦，每個經營者都不想賣掉自己的公司。不過，引導他們做出正確的經營判斷，是我們的工作。客戶說不就不，是無法改善任何狀況的。對吧？」

一陣掌聲響起，半澤明顯屈居劣勢。

「如何？半澤。」

如今背後有了大批友軍，寶田顯得得意洋洋。「這就是大家對於你的意見所給的評價。你能反駁嗎？你該做的不是當著岸本行長的面恬不知恥地替自己辯護，而是檢討自己的交涉能力，並為了造成這種窩囊的結果而道歉。」

沒錯！這道吆喝聲飛來。

渡真利垂下了臉，搖了搖頭。獲得整個會場信賴的寶田將麥克風還給江村，意氣風發地走回自己的座位。半澤的退路等於被斷了。

「看法是會隨著立場而改變的。」半澤透過麥克風傳來的聲音相當鎮定。「寶田先生，您從前是傑寇的承辦人，得到田沼社長的信任，從其他銀行手中奪走了該公司主力銀行的地位，並融資三百億圓，興建有關西最大之譽的田沼美術館。我想請教您，為什麼傑寇想收購仙波工藝社？」

沒有人知道半澤究竟想說什麼。

「呃，半澤先生——」

江村插嘴說道：「這和本案沒有直接關聯吧？」

「就是因為有關聯，我才會問。這是個很重要的問題。」

半澤筆直地凝視寶田，斷然說道。

「蠢透了。你八成又想搬出什麼無聊的大道理來吧？」寶田沒有透過麥克風，直接回答，並把臉撇向一旁。

「這件事與您有關，可是您沒有親自說明的意思，是嗎？」

半澤問道：

「這是您替自己辯護的最後機會了。」

寶田依然坐在牆邊的座位上，無奈地伸出手來；江村把麥克風遞給他。

「這裡是發表實績的場合，要我說幾次你才懂？拜託，放聰明一點——喂，江村，繼續議程。」

就在失笑聲響起、近似憐憫的視線飛來的同時，半澤打了個信號，會場隨即轉暗。

見了左右兩側的螢幕上映出的文字，整個會場屏氣斂聲，陷入了寂靜之中。

買家　（財團法人）本居竹清財團

賣家　（財團法人）田沼美術館

估計轉讓金額　最高五百五十億圓（可能因詳細審查而變動）

喀噹！隨著這道聲音，寶田站了起來。

他的眼中浮現的是不折不扣的驚愕之色，視線緊緊黏在螢幕上，動也不動。

他硬生生地將視線轉向半澤——

「這、這是怎麼回事？」

並狼狽不堪地提出了這個問題。

「我現在正要說明。」

半澤靜靜地道來。

「前言過長了，現在我就開始發表大阪西分行的M&A案例。本居竹清財團是本行客戶，立賣堀製鐵會長本居竹清老先生設立的財團法人。」

4

「這椿買賣案是如何促成的？或許大家會感到意外，其實契機就是仙波工藝社。傑寇提出要收購仙波工藝社的時候，仙波社長和我都感到疑惑。這個疑惑就是剛才的問題：『為什麼傑寇想收購仙波工藝社？』」

半澤從原點開始說起。

「仙波工藝社確實是家很有特色的公司，但社長已經再三拒絕，傑寇依然沒有打消收購的念頭。大阪營業總部的傑寇承辦人說是因為田沼社長對出版社感興趣，但是這個理由實在令人難以信服。不過，後來我們發現了某件事。這就是照片。」

螢幕上映出了一張昏暗的照片。「這是我們最近在仙波工藝社的半地下室發現的塗鴉。大家有沒有看過這幅畫？」

半澤對著會場問道，有幾個人微微地點了頭。「沒錯，這幅畫可說是現代藝術界寵兒仁科讓的代名詞，〈阿萊基諾與皮耶洛〉。這幅塗鴉是在二十五年前畫下的，當時，這棟大樓是堂島商店這家公司持有。這個半地下倉庫裡有間設計室，知道的人或許不多，仁科讓從前就是在這裡工作。如果這是仁科讓的作品，價值應該不下十億圓。」

講堂裡交雜著驚訝與嘆息。半澤繼續說道：「傑寇的田沼社長是知名的仁科讓作品收藏家，預定於明年開幕的田沼美術館也是計畫以仁科讓的作品為主要展覽品。田沼社長對出版社感興趣或許是事實，不過他執著於仙波工藝社的理由，卻是這幅塗鴉——這是我一開始的假設。」

意外的發展引得每個人都豎耳傾聽。「然而，請看這裡。雖然不易辨識，不過這裡有個簽名。」

半澤指著螢幕的一部分。

「仔細一看，上頭寫的是『H. SAEKI』。如果是J. NISHINA倒還能懂，沒想到居然是別人的簽名。可是，這幅塗鴉的畫風怎麼看都是仁科讓的。調查之後發現，『H. SAEKI』指的是佐伯陽彥，他是當時和仁科讓一起在堂島商店工作的年輕人，立志當畫家，但是年紀輕輕就過世了。我為了深入調查，拜訪了佐伯陽彥的老家，位於丹波篠山的酒廠；在那裡，我有了驚人的發現。就是這個。」

螢幕上映出的是佐伯陽彥畫的〈阿萊基諾與皮耶洛〉。

「而這是仁科讓的〈阿萊基諾與皮耶洛〉。」

畫面變了，映出了另一幅畫；會場內瀰漫著一股難以言喻的困惑。

根本一模一樣啊！這樣的輕喃聲傳入了半澤耳中。

「起初，我以為這是仁科先生的塗鴉，而佐伯先生惡作劇，簽上了自己的名。不過，當我循線找到佐伯先生的畫作以後，我發現我完全想錯了。那幅塗鴉確實是佐伯先生畫的。〈阿萊基諾與皮耶洛〉這幅充滿特色的畫，是佐伯陽彥這位無名畫家的原創作品，仁科讓只是模仿而已，甚至可說是抄襲。」

螢幕上的照片切換為老舊的信件，是陽彥的哥哥恒彥出示的那些與仁科讓互通的書信。

「就某種意義而言，我發現的真相是足以撼動現代美術界的事件。在這些來往書信裡，仁科向佐伯坦承抄襲的事實，並為此道歉。不過，值得注意的是，來日無多的佐伯陽彥接受了他的道歉，並為了自己的仿畫獲得肯定而高興，在這樣的狀態之下離開了人世。佐伯陽彥的家屬沒有公開這個事實，就是因為這個緣故。然而，對於仁科讓作品收藏家田沼社長而言，這是個對他不利的真相。田沼社長透過仁科的遺書得知了這個事實，而這件事一旦曝光，仁科讓的評價可能會暴跌。在仁科讓的畫作上砸了五百億圓鉅款，甚至還計畫建設美術館的田沼社長原本打算放棄計畫，然而，此時卻有人提出了反對意見。」

整個會場都是鴉雀無聲，傾聽著半澤的話語。

「這個人向田沼社長做了一個承諾：我會把這個真相完全掩蓋起來，請您按照計畫，繼續建設田沼美術館。這個人在仁科讓自殺不久後，數度拜訪佐伯陽彥的老家，遊說家屬賣掉遺作；到了最近，他得知家屬保存了來往書信，又央求家屬把這些書信連同畫作一併賣給他。這是因為這些來往書信之中，不但寫下了抄襲的經過，還提到了佐伯陽彥留下的另一幅〈阿萊基諾與皮耶洛〉。就是仙波工藝社裡的那幅塗鴉。」

沒有人知道這番話會歸結至何處。「後來，本行的核心客戶立賣堀製鐵的本居會長找我商量一件事。本居會長表示自己唯一的興趣就是收藏美術品，而他想建設一座美術館，集收藏之大成。於是，我直接拜訪田沼社長，坦白說出自己查明的真相。剛才所說的美術館建設經過，也是田沼社長在那時候告訴我的。當年傑寇的業績十分出色，在銀行承辦人的再三遊說之下，才同意建設美術館；但是掩蓋真相的承諾遲遲未實現，最近又透過來往書信得知仙波工藝社裡還有一幅塗鴉；倘若有人發現那幅塗鴉，循線找出佐伯陽彥，長年投資仁科讓作品的自己就會蒙受巨大的損失——這麼想的田沼社長決定偷偷賣掉美術館，並在一切曝光之前，將仁科讓的畫作全數脫手。然而，由於我已經查出真相，他的計畫全泡湯了。我和立賣堀製鐵的本居會長討論過後，向田沼社長提出了一個方案，就是轉讓目前建設中的田沼美術館。田沼社長表示他會趁著這個機會收手，不再投資現代藝術。轉讓的美術館在本居會長的努力之下將會如期開幕，今後想必會成為關西地區的新藝術發訊基地吧！雖然合約才剛開始著手擬訂，不過今後包含事業內容審查在內，我們將會審慎地繼續推動下去。」

半澤話一說完，會場便傳來了感動的嘆息聲。某處響起了讚賞的掌聲，隨即擴散到整個會場。

就在這個時候，發生了意想不到的驚喜。

岸本行長站了起來，加入鼓掌。從半澤的位置，也可看見渡真利帶著滿面笑容，一面拍手，一面頻頻點頭。

整個會場都處於興奮狀態之中。

「啊，呃——各位請肅靜。」

江村慌亂的聲音幾乎快被蓋過了。「謝謝半澤。接下來——」

「不，我還沒說完。」

「什麼？」

江村一臉訝異地回答，對寶田投以詢問的視線，而他的表情隨即僵住了。這是因為他看到寶田置身於盛讚半澤的會場之中，臉色變得一片蒼白，惱羞成怒，渾身發抖之故。

這個全行會議原本是要用來暴露半澤的無能，如今寶田等於是吞下了敗仗。因為半澤的一番話凸顯了那些昧於表象而強渡關山的人有多麼膚淺，盲目追求功利的人有多麼愚昧。

「剛才大家已經聽過我追查真相的過程，最後我要再談談另一個真相。」

半澤的聲音於興奮未消的會場再次響起，低語聲與掌聲戛然而止。「我拜訪佐伯陽彥先生的老家時，聽說曾有人登門求購佐伯先生的畫作和書信，哥哥恒彥先生起先還以為我是那個人派來的。佐伯先生之所以這麼想，是因為我們來自同一家銀行。這就是那個人的名片。」

在一陣譁然之中，寶田凝視著螢幕，眼睛眨也不眨。「寶田部長，是您的名片。」

講台上的半澤如此指摘。

「那又怎麼樣？」

寶田緩緩起身，斷然說道：「我是受田沼先生之託。身為承辦人，這麼做是理所當然的。」

「請看這張名片的職銜。東京中央銀行大阪營業總部次長，寶田信介。名片底下有哥哥恒彥先生在三年前用鉛筆註記的日期。您知道我想說什麼嗎？」

屏氣斂息的氣氛包圍了會場，幾乎所有人都循著半澤的視線望向寶田。視線前端的男人站了起來，滿臉通紅地瞪著講台上的半澤。

「在這個日期當時，銀行尚未決定融資給田沼美術館。換句話說，您明知田沼先生的收藏品評價可能會一落千丈，還是瞞著銀行推動融資。」

在連大氣也不敢喘一下的緊張之中，在場眾人全都屏住了呼吸。半澤繼續發言。「田沼社長也說，您表面上說是為了客戶著想，其實只想到自己；被這種銀行員欺騙，讓他覺得自己很窩囊。」

「是真的嗎？寶田。」

向來嚴格的岸本開口質問，寶田緊咬嘴脣，低下頭來。

「寶田部長——」

半澤在講台上對寶田說道：「您剛才說這裡不是談論理想的場合，而是談論現實的場合。這就是您的現實。光談理想，不見得可以帶來實績；不過，沒有理想的工作，是不會有像樣的現實的。這是我觀察您的工作態度之後，得到的真實感想——感謝大家的聆聽。」

眾人全都目瞪口呆。半澤行了一禮之後，踩著起初的輕快步伐，走下講台，若無其事地回到了自己的座位。

5

「人若犯我，加倍奉還——是吧？你這傢伙也真是的。」

渡真利說道，臉上帶著不知是佩服還是傻眼的表情。「平安無事就好。」他重新舉起生啤酒杯。

「謝謝。」

半澤回答，若無其事地喝酒。

他們又來到了老地方。全行會議的一個禮拜後，隨著真相公諸於世，事情立刻急速地動了起來，宛如被堤防擋住的水倏然開始流動一般。

「整個總部都在談論你的話題。有人說你把寶田打得落花流水，是為了報審查部時代的一箭之仇；也有人說是業務統括部操之過急，自取滅亡。不過，大多數的聲音都是在肯定大阪西分行的工作態度與能力。」

「那當然。」

半澤傾杯喝了口酒。「寶田怎麼了？」

「現在設立了調查委員會，正在調查當時的事實關係，大阪營總的和泉與伴野，以及融資部長北原和豬口都是調查對象，對融資部的不當關說也成了問題。寶田本人主張是田沼社長要求他做的，不知道事實是如何？」

「田沼社長的說法我已經提交給人事部了。寶田明知真相，卻沒向銀行報告；光論這一點，就沒有資格當銀行家。」

「我還有幾個地方不明白，你能告訴我嗎？」

渡真利鄭重問道：「承辦傑寇業務的是大阪營業總部，你是怎麼瞞著他們和田沼社長談妥生意的？」

「這是商業機密。」

半澤開了個玩笑，最後還是說出了假裝成仙波工藝社採訪的事。渡真利聽了，難掩驚訝之色。

「就某種意義而言，那算是賭上一把。」

半澤也承認。

「田沼社長當時大可以拂袖而去，可是他沒有這麼做，而是坐下來聽我說話。要是被大阪營總知道這件事，和泉跟寶田鐵定會從中作梗，很麻煩，所以我和田沼社長商量，把這樁買賣案當作極機密事項進行。」

「而立賣堀製鐵的本居會長也可以提前實現美術館建設計畫，可說是各有所求，各取所需。」

「而且還撿到了便宜。那筆金額包含了仁科讓的收藏品。就我個人而言，我希望這部分可以獲得更高的評價。」

半澤難得露出了自豪之色。「最重要的是，現代美術史不為人知的一頁或許可以見到天日了。不光是仁科讓，還能讓世人知道佐伯陽彥被埋沒的功績，意義非凡。」

「在你洋洋得意的時候潑你冷水，不好意思。佐伯陽彥原諒了仁科讓的模仿，或該說抄襲，沒沒無聞地死去了；不把這件事公諸於世，不是家屬的意思嗎？」

渡真利說得沒錯。

如果陽彥的哥哥佐伯恒彥有這個意思，佐伯陽彥的名字早已傳遍天下了。之所以沒有這麼做，正是為了尊重佐伯陽彥的遺願。

「的確，這麼做違反了佐伯陽彥的遺願。老實說，關於這一點，我也感到很猶豫，是看了仁科讓的遺書以後，才不再猶豫的。就是田沼社長收到的遺書。」

那是封長達約十張信紙的遺書。

6

（中略）

那段記憶對我而言，永遠都像昨天的事一樣鮮明。

在那個冷清的巴黎閣樓上，我的希望和夢想都破滅了。手頭的錢所剩無幾，畫下的作品全被否定，唯一的收入來源就是販賣美術館的摹寫畫。那時候，我已經用盡了我的所有才能——如果那稱得上是才能的話——什麼也不剩，只能孤獨地承受煎熬。

為何我會畫下那幅〈阿萊基諾與皮耶洛〉？我自己也記不清了。

當時，不知何故，我的腦海裡浮現了佐伯陽彥筆下那幅充滿特色的畫，與我的畫風截然不同的畫。

畫下那幅畫時，身為畫家的我已經死了。因為我自己也很清楚，那不只是模仿，而是完完全全的抄襲。

〈阿萊基諾與皮耶洛〉獲得成功時，陽彥不僅原諒了我，還為我祝福。他在信中寫了這段話：「請你代替我，連我的份一起畫下去。」陽彥把他身為畫家的人生託付給我，對我而言，就等於是以仁科讓的名義，成為佐伯陽彥繼續活下去。

之後的我成了一個卑鄙小人。

為了錢，為了自己的成功，繼續畫〈阿萊基諾與皮耶洛〉，彷彿那是我自己的作品一般。

或許我是想成為狡猾的阿萊基諾吧！成為欺瞞世人，八面玲瓏的紅人。

可是，我做不到。

就算騙得了世人，還是騙不了自己。

我只是個愚昧的小丑。

而且是個成不了狡猾的阿萊基諾，也成不了純真的皮耶洛，沒沒無聞的小丑。

第一次畫下〈阿萊基諾與皮耶洛〉時的那種罪惡感，我至今仍然記得。

原本期待罪惡感會逐漸淡化，誰知反而隨著時間經過而越變越大，重重地壓著我的心頭。

如今罪惡感將我玩弄於股掌之間，徹底擊潰了我，來到了失控的邊緣。

我已經無法控制自己的心了。

只能束手無策，從遠方凝視著站在絕望懸崖邊的自己。

該站在鎂光燈之下的不是我，而是佐伯陽彥這個畫家。

我深信他擁有足以揚名立萬的才能。

最近，我時常想起和陽彥一起在堂島商店設計室工作時的事。

當時我們都還年輕，時常談論著成為畫家的夢想。到頭來，我們都沒能真正地實現夢想。

或許這也是人生吧！

但願有一天，世人能夠知道我們倆的人生。

如果有一天，我們奮力求生，一路跌跌撞撞走來的心路歷程能夠烙印在人們的記憶之中，那就太幸福了。

這是成不了阿萊基諾的男人的最後心願。

「我覺得仁科讓是個正直又純粹的人。」

半澤詳述遺書的內容之後，感慨良多地說道：「美術館建設計畫出爐，得知田沼的收藏品是主力展覽品時，他再也無法承受長年懷抱的苦惱了。等於是寶田殺了他的。」

「而他為了揭露真相，留下了遺書給田沼先生。」

渡真利也心有戚戚焉，用感慨的眼神望著店內陳列酒瓶的牆壁。

「我希望能夠完成仁科先生的這個遺願。」

「把這件事公諸於世嗎？要怎麼做？」渡真利問道。

「竹清老先生打算將『仁科讓與佐伯陽彥』列為常設展，當作新美術館的招牌展覽。順道一提，這個企畫是由仙波工藝社負責的。下個月的《美好年代》將會刊登他們的特輯，到時候世人就會知道他們倆的關係了。」

「原來如此。」

渡真利回答，又突然想到一件事。「對了，佐伯造酒呢？不是為了籌措資金而苦嗎？」

「大阪營總已經採取行動，正在朝著與大型酒廠資本合作的方向進行規畫。」

渡真利露出如釋重負的表情，點了點頭。

「經過這次的事，淺野分行長應該也學到教訓了吧！」

「他一點也沒變。」

半澤微微地嘆了口氣。「自己的疏失是部下的疏失，部下的功勞是自己的功勞——把江島當成小弟使喚，擺出高高在上的架子。」

「真是銀行員的典範啊！」

聽了渡真利的諷刺，半澤一臉不快地點了點頭，遙想曾經夢想成為畫家的兩名青年的人生。

謝詞

由衷感謝在我撰寫本書時協助採訪的各方人士。

東京國立近代美術館主任研究員保坂健二朗先生站在小說的前提之上，給了我許多兼具現實與幻想、富有意義且興味盎然的建議。

日法口譯・翻譯家友重山桃小姐不僅在法國文化・藝術方面，也在法國人性情方面提供了諸多基於見識與敏銳洞察力的指教。

Advanced-i股份有限公司董事代表兼總經理岡本行生先生耐心且詳盡地為我解說關於M&A的疑問。

本書是參考上述人士的建議寫成的虛構小說，如有瑕疵或明顯不符現實之處，責任全在於作者身上，不損及上述各位人士的名譽。

池井戶潤

逆思流

半澤直樹5 阿萊基諾與小丑

（原名：半沢直樹 アルルカンと道化師）

作者／池井戶潤　譯者／王靜怡
發行人／黃鎮隆　副總經理／陳君平
副理／洪琇菁　國際版權／黃令歡
執行編輯／呂尚燁　美術主編／李政儀
企劃宣傳／邱小祐
發行／英屬蓋曼群島商家庭傳媒股份有限公司城邦分公司　尖端出版
台北市中山區民生東路二段一四一號十樓
電話：（〇二）二五〇〇－七六〇〇（代表號）
傳真：（〇二）二五〇〇－一九七九
中彰投以北經銷（含宜花東）／楨彥有限公司
電話：（〇二）八九一九－三三六九
傳真：（〇二）八九一四－五五二四
雲嘉經銷／威信圖書有限公司　嘉義公司
電話：（〇五）二三三－三八五二
傳真：（〇五）二三三－三八六三
客服專線：〇八〇〇－〇二八－〇二八
南部經銷／威信圖書有限公司　高雄公司
電話：（〇七）三七三－〇〇七九
傳真：（〇七）三七三－〇〇八七
香港總經銷／城邦（香港）出版集團有限公司
香港灣仔駱克道１９３號東超商業中心１樓
電話：（八五二）二五〇八－六二三一
傳真：（八五二）二五七八－九三三七
E-mail：hkcite@biznetvigator.com
馬新經銷／城邦（馬新）出版集團　Cite(M)Sdn.Bhd.
E-mail：Cite@cite.com.my
法律顧問／王子文律師　元禾法律事務所
台北市羅斯福路三段三十七號十五樓
二〇二〇年九月一版一刷

■中文版■

郵購注意事項：
1. 填妥劃撥單資料：帳號：50003021戶名：英屬蓋曼群島商家庭傳媒(股)公司城邦分公司。2. 通信欄內註明訂購書名與冊數。3. 劃撥金額低於500元，請加附掛號郵資50元。如劃撥日起 10～14日，仍未收到書時，請洽劃撥組。劃撥專線TEL：(03) 312-4212 ・ FAX：(03) 322-4621。E-mail：marketing@spp.com.tw

國家圖書館出版品預行編目資料

半澤直樹5 / 池井戶潤著 ;
王靜怡 譯.--1版. --臺北市：尖端出版, 2020.09
面 ; 公分.--(逆思流)
譯自:半沢直樹: アルルカンと道化師
ISBN 978-957-10-9088-7(平裝)

861.57 109010451